投稿
瞬殺怪談

黒木あるじ
ほか

竹書房
怪談
文庫

はじめに

黒木あるじ

最短で一行、最長でも見開き二ページ以内の実話怪談――。

まばたきさえ許さず、辻斬りよろしく読み手を一刀両断する恐怖――。


右記をコンセプトに二〇一五年、『瞬殺怪談』は禍々しい産声をあげました。

世間には、よほど〈殺されたがり〉の怪談好きが多かったようで、おかげさまで好評を博した『瞬殺怪談』は、その後およそ一年に一冊のペースで「刃」「斬」「刺」「業」「碌」「死地」「罰」「鬼幽」「呪飢」と不穏きわまる副題を冠しながら、これまでに十冊あまりを世に解きはなっています。

そして、十一冊目となる本書では新たな試みに挑むことと相成りました。

竹書房怪談文庫公式サイトで毎月募集している「怪談マンスリーコンテスト」にお

いて、読者から広く「瞬殺怪談」を募ったのです。

ありがたいことに投稿数は予想をはるかに上回り、加えて内容もバラエティーに富んだものばかり。編集部も選者も嬉しい悲鳴をあげた次第です。ぜひとも海千山千の執筆陣が綴った作品と併せ、腕自慢の〈道場破り〉が見せる刀捌きにも注目いただきたく思います。新参の太刀筋ほど、先が読めずに恐ろしいものはありませんから。

とはいえ読者のなかには、一話一話の短さゆえ「深傷は負うまい」と一笑に伏す向きもおられるかと存じます。しかし「塵も積もればなんとやら」の喩えどおり、かすり傷とて何十、何百と喰らえば致命傷になりうるのです。不意の一撃によって首が刎ねとぶ事態もありうるのです。どうか、くれぐれも油断なさいませぬようご忠告申しあげます。


さあ、瞬殺の名にそぐわぬ長たらしい口上はこのへんにしておきましょう。

この先は、恐怖とあなたの真剣勝負。怪に斬られても妖に殺されても、恨みっこなしで参りましょう。ご覚悟はよろしいですか。

それでは——いざ。

目次

うるさい電話

つくね乱蔵

毎週末、美智子さんは母親に安否確認の電話をかけていた。

ある日の会話中、母の後ろから妙な音が聞こえてきた。

まるで雑踏の中にいるような、ざわついた音である。かけたのは固定電話だ。家の中で、そんなものが聞こえるはずがない。

テレビの音声かと思い、音を小さくするように頼んだのだが、そんなもの点けていないという。

じゃあいったい何なのよと言いかけた途端、唐突にざわめきが止んだ。

次の瞬間、大勢の人が声を揃えて母の名前を呼んだ。

「西田多佳子」

いきなり静かになった。

「母さん、今のなに？」

呼びかけても返事がない。それが最後だった。

発見された時、母親は電話に噛みついた状態で息絶えていたという。

いませんけど

黒 史郎

二十年以上前に宇都宮へ出張にいった際、K氏がYさんという女性客から聞いた。

友人間で「待ち場」と呼んでいた公園脇の道路がある。女性がそこに車を止めていると、すかさず男の乗った車が横付けしてくる。ナンパ目的で、そこはそういうスポットであった。

相手とマッチすれば一緒に車で出るが、タイプじゃない、キモイ、ヤバそう、そういう相手が来た時は即座に断る。すると順番待ちしていた次の車が横に来て声をかけてくる。

ある時、声をかけてきたのは遊んでいそうだが顔のかわいらしい二人の男。熱烈な誘いにわざと「どうしよっかな」という態度をとっていると、相手の車の後部座席から二人の女がグンッと前に身を乗り出して顔を見せてきた。

(え？　女付きでナンパ？　なんのつもり？)

そのことを指摘すると、男たちはきょとんとして「いませんけど」と無人の後部座席を見せられた。ならいいかとはならず、女の幽霊にとり憑かれているなんてヤバイ男たちに決まっていると判断し、適当に言って断って「待ち場」を去ったという。

外灯の下

丸山政也

今から二十年ほど前、Bさんが小学五年生頃のこと。

春先のある日の夕方、塾が終わってBさんは自宅に向かって歩いていた。

時刻は午後五時を少し回ったほどだったが、辺りはすっかり薄暗くなっている。

塾のある大通りから自宅へは、途中に大きな墓地のある欝蒼《うっそう》とした寂しい道を通らねばならなかった。外灯はかなり間隔をあけて、ぽつりぽつりとあるばかり。

すると、百メートルほど先の外灯の下にひとが立っている。眼を凝らすと、こちらに向かって手を振っているようだ。

そのシルエットで母親が迎えに来てくれたのかと思い、Bさんは少し安堵して小走りでそちらのほうに急いだ。

だが、しかし――。

それは母親ではなかった。

幾百、幾千もの得体の知れない虫の大群が、人間としか思えない形を作りながら、せわしなく飛び交っているのだった。ぶんぶんと激しい羽音を鳴らし、黒い影はまるでひとが深い呼吸でもしているかのように蠕動《ぜんどう》している。

それを見るやいなや、一気に怖気立《おぞけだ》って全速力で自宅に逃げ帰ったという。

後に思ったことだそうだが、真夏でもないのに虫があれほど外灯に集《たか》っていたのも不思議だとBさんは語る。

4／19

鈴木 捧

カナエさんという女性が夏の終わりのある日の夕方に体験したことである。

忙しかった仕事が終わり、退勤して職場の外に出ると、浮かぶ雲が波打つレースのカーテンのような模様を空に描いていた。それらが夕陽で柔らかい赤色に染まり、合間から見える空の青と美しい対比をなす。

気持ちよくて思わず伸びをしながら空を見上げる。

そこにちょうど一陣の風が吹いたかと思うと、編隊飛行のように群れをなした鳥たちが視界を右から左へ飛んでいく。三十羽か四十羽くらいいるように思えた。

その鳥たちの群れの形が、数列になっていた。４１１９、あるいは４／19と読めた。思わず目を瞬く。偶然なのか何なのか分からないが、一瞬見えただけのその数字がやけに目に焼き付いた。もしかしたら数列は日付を示していて、その日に何かあるのかもしれない、と考える。自分でも馬鹿げていると思うのだが、その直感を無視できず、携帯のメモアプリに数列を書き込んでおいた。

それから二度ほど四月十九日が過ぎたが、何もない。やっぱり単なる偶然か気のせいだったのかな、と思っていた、その次の年だ。

年明けあたりには、これ、もしかして、という感じがしていたのだが、近づくにつれそうとしか思えなくなった。

あ、これだ。これだ、あの数列。あの日付。

そうして実際にその直感は当たっていた。

四月十九日は、カナエさんのお子さんがこの世に生を受けた日になった。

ドッグセラピー

鷲羽大介

予備校へ通うためひとり暮らしを始めた美咲さんは、知り合いのいない土地での寂しさを紛らわすため、二十センチぐらいある犬のぬいぐるみを買ってきて、その日のできごとを話していた。

三ヶ月ぐらい経ったある日、ねえ今日は予備校の先生にこんなこと言われたんだよ、どう思う? といつものように話しかけていたら、知らねえよそんなの、と口調に似合わぬ可愛い女の子の声で返事をされた。

美咲さんは、ぬいぐるみをガムテープでぐるぐる巻きにして、ゴミに捨てた。

その次の日、横断歩道を渡ろうとしていた美咲さんは、信号無視のトラックに轢《ひ》かれて脊髄を痛め、下半身が不自由になってしまったのである。

それから二十年が経った今も、車椅子に乗った美咲さんの日常生活には多くの不便があるが、介助犬の利用を勧められたら必ず断っている。

霧の出るホテル

田辺青蛙

「もうそのビジネスホテルは無いんですが、昔働いていた市内のホテルは第二火曜日の夜に、何故か同じ苗字の男が溺死体で見つかることが多かったんです」

現在もホテルのフロントで働いているというAさんは、憂鬱そうな表情で語りはじめた。

「あまりに凄い形相の死に方だったらしく、清掃の人が浴槽を見ると思い出すから嫌だって辞めてしまったほどです。

僕は見たことないんですが、同僚で、当時付き合ってた彼女は、なぜか人が死んだんじゃないかって時間帯になるとフロントに赤黒い霧が出るって言ってました。彼女にしか見えてなかったらしいんですが、喉に絡むような臭いのする嫌な霧だったそうです。

彼女はもしかしたら死神って、人ではなく、ああいう姿なのかもなんて言っていましたね」

お婆さんと猫

つくね乱蔵

石田さんの祖母は、今年で八十五歳になる。

猫が大好きで、常に多頭飼い。一番多い時で十四、現在は三匹と暮らしている。

二週間前、祖母は今までの家を売り、広い庭つきの家に引っ越した。

猫がゆっくりくつろげる場所が欲しかったのだという。

都心に近い場所で、条件に合う物件が見つかった。しかも目を疑うような破格値だ。

何かあったと思うのが当然だが、心配する石田さんをよそに、祖母は至って平気だった。

「だってあたしには、軍団作れるぐらい沢山の猫の御霊《みたま》がついてるのよ。そんじょそこらのお化けじゃ太刀打ちできないわ」

確かにそうかもしれない。猫軍団はともかく、今現在飼っている猫達も、危険があれば教えるだろうし。

妙に納得してしまった石田さんは、それ以上の心配を止めた。

それが誤りだったと気づいたのは、一ヶ月後のことだ。

祖母が突然死したのである。目を見開いて、口を大きく開け、酷く苦しんだのが分かる死に顔だった。

近所の人の話によると、明け方近くに沢山の猫の鳴き声と女性の悲鳴が聞こえたそうだ。

飼っていた猫達は、三匹とも勝手口で死んでいるのが見つかった。全身の毛を逆立てたままである。

うち一匹は、背骨が折れていたという。

母の予言

丸山政也

Mさんの話である。

今から二十年ほど前、Mさんが子どもの頃に家族で県外の温泉地に出掛けたことがあった。

その帰り道、観光がてら温泉にほど近い市街地を車で走っていると、

「ちょっと、ここで車停めて――」

急に母親がそういうと、車のドアを開けてひとりでどこかへ向かって歩いていく。なにか買い物でもあって店を見つけたのか思ったが、そんな感じでもない。

結局、二十分ほどして戻ってきたが、どこへ行っていたのか、家族がどれほど尋ねてもひと言も喋ろうとはしなかった。

それから十数年後、母親は仲の良い友人たちと件《くだん》の温泉地へ旅行に行くことになった。

ところが、出発したその日の夜にMさんの自宅に電話があり、母親が旅館で倒れて救急搬送されたという。搬送先を訊くと宿泊先近くの総合病院だった。父親が車を飛ばして家族で向かったが、母の臨終に間に合うことはできなかった。

後年、Mさんは父親と母の思い出話をしているときに、子どもの頃に行った温泉の帰り道に母さんが車を急に停めさせたことがあったよね、と話してみた。

母親が急にどこかへ消えてしまったような不安な気持ちに駆られたので、よく覚えていたのである。

するとと父親が、

「――おう、あったな。そんなこと」

しかし、なにかまだ言い淀んでいる様子だったので、Mさんが言葉を待っていると、

「あの後、何年もしない頃に、ふたりでテレビを観とったら、前に行ったあの温泉地の景色が映っとる。そうしたらな、あの車を停めた場所が出てきて、次に大きな病院が映ったんだ。そのときいったんだよ、あいつが」

――お父さん、わたしこの病院で死ぬよ。

断言するように、そう口走った。

父はなにかの冗談かと思い、母もそれ以上なにもいわなかったので、すっかり忘れてしまっていたという。

母親が亡くなったのは、何年も前に予言した、まさにその病院だったそうである。

井戸の夢

田辺青蛙

北海道在住の牧場経営を営んでいる、Tさんから聞いた話。

うちを含む近所の牧場で続けて熊被害が出たんです。少しでも、草が揺れたら熊じゃないかってビクビクする毎日で、気苦労のせいか、たった二週間で四キロ落ちました。

人のいるところには来てほしくない。山に戻ってそちらで生活してもらえないだろうか、そんなことばかり考えている日の夜、変な夢を見たんです。

それは、うちの牧場の隅に枯れた井戸があって、きらきら光る二本足で立つ犬のような生き物が、鹿の肉を咥えて井戸に落とす夢でした。

で、目を覚ますとどこからか「こうすればいい」って声がはっきりと側で聞こえて。

寝ぼけていたし、メンタル的にもハードな日々を過ごしていたから、そのせいで幻聴まで……なんて思っていたんですが、気になったので井戸を探してみました。

牧場の殆《ほとん》どを把握しているつもりで、あんな場所に井戸なんて無かったよなと考えながら、夢で見た場所に行くと……本当にそこに枯れ井戸があったんです。

そんな時に丁度、知り合いから鹿肉のおすそ分けがあったので、少しだけ筋の部分を切り取って、井戸に投げ入れることにしました。

夢を無視すると何か悪いことが起こるんじゃないかって気にもなっていたから、そうした方がいいような気がしたんです。

そうしたら翌日、箱罠に熊がかかったって知らせがありました。

偶然かも知れないってその時は思ったんですが――。

その後も、熊が出た報せの後に件の井戸に鹿肉を投げ入れると、かならず熊が駆除されるんです。

井戸の神様が何かしてくれているのかなと楽観的に考えているんですが、時々猛烈に何故か不安になるんです。

引き換えに何かそのうち、鹿肉じゃないとんでもない物を要求されるんじゃないだろうかと……。

G

鈴木 捧

キシノさんは同僚のイシガミから妙な話を聞いた。

イシガミが大学時代の話だ。一人暮らしを始めると言って引っ越しをした友人、フジワラの新居に招かれたことがあるらしい。新居とはいっても築三十年近くなるアパートだが、リフォームをしていたようで内装は綺麗だった。大学へは自転車で通える距離の立地で、家賃も手ごろだ。第一印象では、学生の一人暮らしには充分すぎるというふうに感じられたそうだ。

そんな部屋で話しこんでいるうち、自然に酒盛りになって、それも落ち着いてきたころだ。酒がまわるにつれて妙な居心地の悪さを感じた。部屋のどこかから視線を感じる。かといって振り向いてみてもベッドやタンスがあるだけだ。フジワラは眠いのか座ったまま船を漕ぎ始めている。

と、フジワラの後ろでゴソッと物音がした。床に転がっているコンビニ袋が動いたのかと思ったが、室内には風もないし、フジワラの体が触れた様子もない。そのあたりをしばらく凝視していると、重ねられたダンボールの後ろから髪の毛のようなものが出ているのに気がついた。髪の毛らしきものはアーチを描いて宙でふらふらと揺れている。何だろうと思っていると、握りこぶし大の黒いものがそこから飛び出して、別のダンボールの背後へと這って移動した。

ゴキブリだ。それにしても、何だ。あんなでかいゴキブリ見たことがない。

そのことを伝えようとフジワラのほうに目をやると、体を傾けて本格的に眠りかけている。それを見て、引っ越したばかりなのにこんなことを伝えるのは無神経なのではないか、と言い訳じみた考えが頭の中に浮かぶ。

結局、俺はもう帰るからちゃんと鍵閉めろよ、とだけ告げて、その場を後にした。


「フジワラ、そのあとひと月半くらいは学校に来てたんだけどね。そのうち来なくなっちゃって。失踪したらしいって、随分あとになってから聞いたよ」

キシノさんが最近引っ越しを考えているという話をするとイシガミから返ってきたのが、そんなエピソードだったらしい。もっとも、そのときは悪趣味な与太話程度の感想だった。

しかし後日、内見に行ったマンションの部屋で大きなゴキブリらしきものが横切るのを見てしまって、話を聞いたのを強く後悔したということだ。

ミルクの栄養

鷲羽大介

うちはじいさんの代から酪農をやってて、乳牛をいっぱい飼ってるんだけどね。

先月さ、寝る前に牛舎の見回りをしてたら、裸の赤ん坊がいきなり入ってきたんだよ。すげえ速さではいはいをして、牛のおっぱいに吸い付いてさ。すごい勢いでミルクを飲んでやがんの。

いや、人間の赤ん坊……だったと思うんだよ。たしかにそのぐらいの大きさで、全体にピンク色っぽくて、でもよく見ようとしたらすぐ逃げるんだ。捕まえようとしてもちょろちょろと動き回ってさ。それがすげえ速いの。はいはいしてるのにだよ。こりゃやべえやつだ、きっとまともな生き物じゃねえ。見なかったことにしようと思ったね。

それでさ、朝になって牛舎に来てみたら、赤ん坊ぐらいの大きさの、何か干物みたいなやつが、牛の糞にまみれて落ちてんの。しわしわに干からびてて、手足の形もはっきりしてなくてね。なんだこりゃ、と思ったけど、とにかくくたばってくれたんならそれでいいやと思ってさ。穴ァ掘って埋めちまったんだよね。

これ、場所は絶対に書かねえでくれるんだよな。頼むよ本当に。最近は酪農も大変なんだからさあ。何かあったら困るんだよ。

サングラス効果

黒 史郎

何年かぶりに実家の自分の部屋にある小物入れを開けると、石原裕次郎が掛けていそうなサングラスが入っていた。遠藤さんは入れた覚えがないので母親に聞くと、ずっと前に父親が地方の出張先の飲み屋から、誰かの物を間違って持ち帰ったらしい。本人はサングラスなんて掛けないのに間違う意味がわからないし、それが自分の小物入れに入っている理由もわからない。とにかく邪魔だからと父親の仏前に返しておいた。

数日後、母親が父親の幽霊らしきものを見たと報告してきた。

仏壇の前に置いた覚えのない座布団があって、その上に真っ黒い顔だけがのっていた。一瞬で座布団もろとも消えたが、その顔が「あの人そっくり」だったという。

幽霊を初めて見たことよりも、亡き夫らしきその顔が真っ黒だったことが母親は気がかりのようだった。それについては、父親は晩年、肝臓を患っていたからじゃないかということで落ち着いた。

父親が急に現れたのは、サングラス効果ということにしておいたという。

カップル

我妻俊樹

康智さんの地元の某駅で一時期、飛び込みが相次いだことがあった。

ある日の夕暮れ、ホームで電車を待っていると近くにいるカップルの会話が聞こえてきた。

どうやら男性の知人がこの駅で自殺したらしい。線路に飛び込んだ位置がどのあたりだったかをくわしく語っているようだ。

好奇心に駆られた康智さんがそっと横目で窺ったところ、男性はぴんとのばした人差し指で線路ではなく康智さんを指さしていた。

その顔は塩化ビニールのお面のようにてらてらと光沢があって作り物じみていた。横でうなずく女性の顔も顔立ちは違うのにそっくりだった。

気がつくと駅事務所に寝かされていて、貧血を起こして昏倒したらしいと知った。

あの男女は死神のようなものだったのかもしれない、と康智さんは思っている。

BST

黒木あるじ

曇り空が広がる四月の夕方、午後六時。康之さんが自室で寛《くつろ》いでいると、いきなり目の前に半透明の老女があらわれ、驚く彼をよそに数秒で掻き消えた。

年に数度、きまって丑三つ時に姿を見せる老婆だった。

「一族の長子は、かならずあのお婆さんを目にするんだそうです。僕は長男なので子供のころから見なれていたんですが、まさか夕方六時に出てくるとは……油断していました」

康之さんは「そっちの時間に準拠するみたいです」と笑ってオンライン取材を終えた。

彼が現在暮らしているのはロンドンのカムデン地区。日本との時差は八時間である。

やっぱりね

つくね乱蔵

　その日、前田さんは友人の内藤さんのマンションに向かっていた。引っ越し祝いを兼ね、夜通し飲む予定だ。

　駅から徒歩十分、到着して驚いた。新築ではないが豪華なマンションである。

　内藤は軽く微笑《ほほえ》み、賃貸料を教えてくれた。有り得ない金額だ。

「瑕疵物件だからね」

　大丈夫なのかと心配すると、内藤は笑顔を崩さずに答えた。

「俺、霊感とか無いから。居ようが居まいが関係ないよ。おっと、ビール無くなったな、持ってくるわ」

　台所に向かう内藤は、自分の左肩を右手で払った。まるでゴミを払うような仕草を何度も繰り返している。

「ほいお待たせ、沢山買ってあるから飲み放題だぜ」

　乾杯しながら、内藤は横目でベランダを見ていた。

　会話の途中でも、クローゼットやロフトを凝視する。とにかく視線が定まらない。

　そうこうするうち、内藤は言葉数が少なくなり、とうとう黙り込んでしまった。

その状態で、あちこち視線を漂わせている。

前田さんは鎌《かま》をかけてみた。

「気分悪くするかもしれんが、ここ本当に大丈夫か。さっきから子供がうろちょろしてるんだけど」

内藤は顔色を変え、吐き捨てるように言った。

「マジか。くそっ、子供もいるのか」

Tシャツ

丸山政也

会社員のR美さんの話。

五年前、アルバイト先で知り合った同い年の男性と恋に落ち、同棲することになったという。

同棲を始めて三ヶ月ほど経った頃のこと。

いつも襟《えり》のあるシャツばかり着ている彼氏が珍しく丸首のTシャツを着ていた。中央に大きな女性の顔がプリントされた白いTシャツで、それまでの洋服の趣味とかけ離れていたので意外に思った。それも海外のアーティストやモデルではなく、ごく平凡な顔立ちの東洋人の少女のようだった。

そのことについて聞き質すことはしなかったが、洗濯をした覚えがないのに連日同じTシャツを着ているので、寝る前にTシャツのことを尋ねてみた。すると、白いTシャツは無地のものしか持っていないという。そんなはずはないので、洗濯かごを漁ったが、たしかに無地のものが二枚ほど放り込まれているだけだった。

どうにも腑に落ちなかったが、その後は例のTシャツを見ることはなかった。

ところがある日、ふと思い至ったことがあった。R美さんは幼い頃から他のひとには見えないものを見てしまう体質だった。母方の家系の遺伝であるらしい。

彼氏は容姿がよかったせいか、女性から言い寄られた話を以前に何度か聞いたことがあった。と、なると、自分が見たものは彼氏のことを想う女性の生き霊の類ではないかと感じ、そう思うと一気に背筋が寒くなった。

そうした矢先、ふたりはつまらぬことがきっかけで別れてしまったが、少し経った頃、新しい職場で仲良くなった女性と話しているとき、別れた彼氏と高校の同級生であることがわかった。

「あのひと、すごくモテてたよ。そう、そういえば……こんなこと話しちゃっていいのかわからないけど……あ、もう別れているからいいのかな」

高校時代、彼氏には交際していた相手がいたが、その女性がつい最近病気で亡くなってしまったというのだった。

それはいつのことかと訊くと、R美さんたちが同棲していた頃で、ちょうど女性の顔のTシャツを見た、まさにその時期のようだった。

後日、女性の家に泊まりに行った際、卒業アルバムを見せてもらうと、照れた感じで笑う彼氏の顔写真の近くに、あのとき見たTシャツの顔の女性が写っていたそうである。

人形のせい

田辺青蛙

これは、SF作家のHさんから聞いた話だ。

叔母の店に、安藤さんという客が常連としてくるようになった。

彼は二世帯住宅に息子夫婦と暮らすために函館に来たといい、叔母が周りの噂で聞いた話によると、安藤さんは資産家として隣町では有名だったそうだ。

そんな安藤さんが店に来るのは、どうも奥さんとの折り合いが悪いためらしく、奥さんの悪口を言いに、わざわざ家から離れた叔母の店に来ていたらしい。

ある時、安藤さんが、奥さんが大事にしている人形を隠したのだという。

でも、すぐに妻が見つけ出して可愛くないみたいな愚痴を言っていた。

それからしばらくして、「人形を庭に捨ててやった。夕立でずぶ濡れになった、いい気味だ」と店で言っていたのだが、後日、その日の帰りに夕立に遭い、ずぶ濡れで帰宅することになったと、忌々《いまいま》し気に愚痴っていた。

ただこの辺りから、叔母は安藤さんの挙動に尋常じゃないものを感じるようになった。

「人形の腕を折ってやった」

嬉々として言っていた翌日に、安藤さんは腕を骨折してギプス姿で店に愚痴りに来た。

「あの人形の胸に針を刺してやった」

そう言った直後に、店で倒れて緊急入院、心筋梗塞だった。幸いにも軽く、退院後、店にやって来た時に今度は、

「あの人形、とうとうゴミ捨て場に生ゴミと一緒に捨ててやったよ」

そう嘯いていたら、その後、ゴミ置き場で再び発作を起こし、生ゴミの中で倒れていた。

捨てたはずの人形は、奥さんが拾い上げてまた寝室に飾りはじめたという。

その頃から安藤さんは、山に人形を捨てては徘徊を繰り返していたらしく、ある時、人家に助けを求めたその手には、捨てたはずの人形を持っていたとのこと。

その噂を最後に、安藤さんは叔母の店に現れることはなかったという。

おそろ

鈴木 捧

イチカさんは十代半ばの頃から、自分が写った写真にたまに幽霊らしきものが一緒に写るようになってしまった。人が多い場所に行って写真を撮ったりすると、背景の人混みの中に紛れているらしい。幽霊だけ極端に色褪《あ》せていたりして、周囲の人と色味が違うのでそれと分かるそうだ。

もうそれにも慣れてしまってあまり気にしないようにしていたが、二十五歳のときに撮ったある写真に写っていた幽霊にはとても嫌な気持ちにさせられたそうだ。

写真はあるバンドのライブに行ったときのもので、会場待ちの列に並んでいるときに友人が撮影したものだという。

イチカさんと左右に一人ずつ友人が並んで笑顔で写っており、その後ろに人の列が見える。列の中で何人かがこちらを向いているが、その中に一人、やけに白い顔の女性がいる。見ようによっては笑顔にも泣き顔にも見える顔をしたその女性は、そのときのイチカさんと全く同じ服装をしていたそうだ。

おかえり

我妻俊樹

帰宅すると誰もいないはずの部屋から「おかえりー」と声がしたので、楓さんは素早くドアを閉めアパートを離れながら一一〇番通報した。

すると携帯電話からも同じ声で、

『おかえりって言ったでしょ』

そう聞こえてきたので驚いて通話を切ると、自分がアパート前ではなく見知らぬ神社の鳥居の下に立っていることに気づいた。

帰宅したはずの晩から半日以上経っていたという。

握力

鷲羽大介

　繁夫さんが中学の頃、家にあった大きな郵便受けを開けたら、中から白い手が出てきてこちらの手をがっちり掴んだ。強く引っ張られた。

　悲鳴をあげて逃げようとしたが、手が離れない。繁夫さんは勇気を振り絞って、その手を強く握り返した。握りつぶすつもりで思い切り力を込めると、相手の力が少し弱まった感じがする。その瞬間に今度は思い切り手を引くと、白い手は離れて、郵便受けに吸い込まれていなくなった。

　恐る恐る、郵便受けをまた開けてみると、中には両面とも真っ黒に塗りつぶされた葉書のような紙が一枚だけ入っていた。

　直接触るのは気持ち悪いので、割り箸を持ってきてそれをつまみ、庭で燃やした。親に話す気にはなれなかったので黙っていた。このことを他人に話すのは、二十年後の今回が初めてだそうである。

　女みたいな細い手だったのに、握力が意外と強かったんですよ。こっちも空手部で拳を鍛えていたから助かりましたけど、もし力で負けていたら、俺どうなっていたんですかね。

向こうの世界に引きずり込まれたりとか、そういうことってあるんですかね。

繁夫さんは大真面目にそう言う。あの郵便受けの向こうには、あの世だか魔界だか知らないが、ここことは別の世界があったような気がする、というのである。

最近は仕事のノルマが大変に過酷で、向こうの世界へ行ってしまいたくなることがありますよ、と繁夫さんは弱々しく笑いながら言った。

行けたとしてもロクな世界ではなさそうな気がしたが、黙っておいた。

ジャンパー

我妻俊樹

春世さんの夫はそういう体質なのか、人の多い場所に出かけると何かしら〈持って帰ってきてしまう〉のだという。

先日は高校の同窓会でひさしぶりに都心に出た。

ほろ酔いで乗った帰りの電車の中で、刺すような視線を感じて周囲を見たが誰もこっちを見ていない。おかしいなと思って、視線が来ている方向をよく見定めると、網棚の上に無造作に置かれた薄汚いジャンパーが目についた。だがジャンパーから視線を感じるというのも変な話だ。

やはり気のせいかと思って目をそらそうとしたとき、ジャンパーがごそりと動いて網棚の上に男の顔が現れた。まるでジャンパーから首だけ生えたような具合で、煤《すす》けたような色の顔がじっとこちらを見つめていたのだ。

夫はあわてて立ち上がり、車両を移動した。

移動先の車両は少し混んでいて空席がなかったので、ドア横に立って窓に視線を向ける。すると反射する車内の光景に奇妙なものがあった。

吊革を握る人の肩にさっきのジャンパーがしがみつくように引っかかっていて、だらりと垂れた袖の先に骨ばった手のひらが生えていたのである。

夫は次の駅で降りた。その晩はもう電車に乗る気がせずタクシーで帰宅したそうである。

観るを見るを視る

黒木あるじ

午前五時の徹夜明け、J氏はオフィスビルの屋上で明けなずむ空を眺めていた。

過酷な労働でミスが続き、上司から叱責される毎日。心身ともに限界が近づいていた。

弱々しく息を吐いて柵にもたれかかる。直後、革靴が乾いたものを踏んだ。

足をあげてみれば、枯れた茎が埃《ほこり》まみれのセロファンに包まれている。屋上の隅へ目を遣ると、排水口には茶色く萎れた花びらが詰まっていた。

屋上、花束。踏みつけたものの正体を悟り、此処でなにがあったかを知る。

怖い――とは感じなかった。恐怖を感じないほど疲弊していた。

そうか、死ぬという選択もあったか。あんがい悪くないかもしれないな。

ぼんやり考えるうち、なにかの本に「自殺した人間は死の瞬間を永遠に繰りかえす」と書かれていたのを思いだした。記憶が確かならば「だから自殺は駄目なのだ」との教訓が添えられていたはずだ。あのときはなんとなく納得したが、いまは「苦痛から解放されるなら、何度も死ぬくらい別にかまわないじゃないか」と思えてしまう。

誰にも笑われず、怒られない。それだけで生きているよりマシだよ。

独りごちつつ真下の歩道を見おろすうち、なにやら様子がおかしいのに気がついた。

人がいる。

大勢の男女がこちらを見あげ、てんでに叫んだり携帯電話のカメラを向けている。

平日の明け方、あれほどの群衆などいるはずがない。目を凝らしたものの人々は個々の境界がおぼろげで、ピントがずれている写真のように細部が明瞭としなかった。

ああ——視界が涙で滲《にじ》んでいるのか。つまり飛び降りる直前、最期の光景なのか。

これを繰りかえし見るのか。何度も、何度も、永遠に。

愕然とするなか、観衆のひとりが間延びした声で「遅えよ」と叫んだ。

「おれ、このあと約束あるんだけど。早くしてくれねえかな」

冗談めかした言葉に数人が笑う。

いたたまれず屋上を逃げだし、その日のうちに辞職の旨を上司へ告げた。

上司は引き留めもせず笑うだけだった。屋上で聞いた男の声色に、どこか似ていた。

いま、彼は遠く離れた別の街で暮らしている。おかげで妙なモノはあれから一度も見ていない。けれども、あの朝の景色はときどき夢に見る。笑い声に飛び起きてしまう。

解散

つくね乱蔵

服部さんの近所に坂田という老人がいた。

十年前、奥さんと死別して以来、ずっと一人暮らしだ。

子供に恵まれなかったらしく、訪ねる者はいない。

隣近所は優しい人が多く、磯川という女性が中心となってボランティア活動を始めた。

坂田互助会などと名前を付け、買い物や病院の付き添いを交代で行う。

面倒見が良く、善行を積むのが趣味の服部さんも互助会の一員だった。

坂田はおとなしく、無茶を言わない性格だったため、支援するのも楽だった。

一つ難点をあげるとすれば、他人との交流を必要以上に求める点だ。

毎日が寂しい、寂しくて死にそうだというのが口癖だ。

死んだあともその気持ちは変わらないようであった。

互助会の会員一人ひとりの枕元に立ち、寂しい寂しいと繰り返すようになった。

もちろん、服部さんの元にも坂田は現れた。怖かったのは最初のうちだけだ。慣れてくると、只々鬱陶しい。

何とかして成仏してもらおうと、互助会が一丸となって供養を続けた。

朝な夕なにお経をあげ、墓の掃除をし、暇を見つけては遺影に向かい、寂しいなら早く成仏して生まれ変わってくださいと話しかける。

だが、何をやっても無駄であった。精神的に余裕が無くなった会員達は、創始者の磯川を責め立てた。

磯川は追いつめられた挙げ句、とんでもない行動に出た。

坂田の家に無断で侵入し、暮らし始めたのである。

坂田の遠い親族は、抗議するどころか歓迎した。無償の管理人として使えるからだ。

それ以来、坂田は服部さん達の枕元に現れなくなった。ちなみに磯川も滅多に家の外に出て来ない。

いつの間にか、話題にも上らなくなったという。

街頭演説

丸山政也

J子さんの話。

今から十年ほど前、J子さんが高校生のときのことだった。

朝、通学のために自転車に乗っていると、学校近くの交差点にひとりの男性が拡声器を持ってなにやら話している。

近々選挙があるかのかは知らないが、市議会議員かなにかの候補者が街頭演説でもしているのだろうと、そんなふうに思った。

――朝から演説を聞くような物好きなひとはさすがにいないよね。

そう思って男の前方を眺めてみると、やはり誰ひとり聞いている者はいない。

拡声器を使っているというのに、ぼそぼそと蚊の鳴くような声で、なにを喋っているのか少しも聴き取れないので、なんだか奇妙に思えた。

そこにちょうどクラスメイトがやってきたので、おはようと挨拶をし、ほら見てよあのひと、と友人に告げると、不思議そうな顔をして、なんのことだかわからないという。

振り返ってみると、つい今までいた男性がいなくなっている。

時間にしたらほんの二、三秒ほどのものだった。

いったい、どこへいってしまったのか。見通しの良い交差点なので見失うはずがないし、隠れるようなところはどこにもない。

なにより不思議だったのは、意味不明な、呟くような男の声が、その日の夜中まで耳のなかに木霊《こだま》していたことだった。

うちに来た高田という男

田辺青蛙

ＳＦ作家のＨさんから奇妙な話を聞いた。

「これは僕の知人からつい最近聞いた出来事です。

ある日、知人の家に、小柄な中年男性が道を尋ねてきました。高田と名乗るその男性は、内藤の家を知っているかというんです。内藤の家は、確かに高田が探していた辺りに昔はあったのですが、十数年前に引っ越して、家も解体され更地になっていました。

知人にとって高田は、小中学校時代の同級生でもあったのですが、目の前の男からは何一つ、当時の高田の面影は読み取ることはできませんでした。

その高田が尋ねてもいないのに語るには、Ｙという恩師がいて、その恩師の退職を労う集まりを内藤さんと開きたいとのことでした。

知人はＹ先生のことは知っていましたが、担任ではなかったせいもあり、うっすらと覚えている程度でした。高田は東京在住だそうで、ＧＷでもない時期に、そんな用件で田舎にいるのも不自然に思えました。

しかし、高田が話す、小中学生時代の人間関係は、当事者でなければ知りようのないものであり、高田と内藤が友達だったのも事実でした。とはいえ、友人なのに引っ越したことも知らないというのもおかしいなと思ったんですが、そのことについて何故か直接聞くことが出来ませんでした。

高田は内藤の居場所を教えるまで帰りそうになかったので、怖くなって電話番号だけ教えました。それでやっと高田は帰ってくれました。

後日、知人は町のサークルで、この話をしました。すると高田を知っている人がいて、高田が心筋梗塞で数年前に亡くなったと教えてくれたのです。

なら、あの高田は別人だったのでしょうか？

そんなことがあった翌日、知人の家にYが亡くなりましたという喪中葉書が届きました。

その後、内藤が亡くなって、家族葬を済ませたという報告が電話で届いたそうです。

怖いので死亡時の状況などは確認しませんでした。

あの高田と名乗った男が、何者だったのか未だに分かりません」

コレクション

鈴木 捧

タカシさんの携帯には以前までしょっちゅう妙な電話がかかってきていた。朝方、まだ眠っている時間だ。寝過ごして職場から電話がかかってきたのかと思って驚いてつい出てしまうのだが、いつも非通知の無言電話である。そんな悪戯《いたずら》電話も、あるときからぱったりとなくなった。もしかしてと思って、ネットで拾ってきて携帯に保存していた残酷な画像や動画をすべて削除してからのことだそうだ。

マグカップ

黒 史郎

鼻につく態度や癪《しゃく》に障る行動というのがあるが、R子さんは四つ上の姉の〈マグカップ仕草〉にたびたび苛つかされた。いつから家にあった物か、姉は一年中そのトランプ柄のダサいマグカップを使っていて、ホットココアも冷たい麦茶もそれでいく。夏くらい透明感のあるコップを使えよと、それも見ていて苛立つのだが、そのマグカップで何かを飲みながら「んー、んー」とR子さんを呼び、目と眉とおでこのしわの動きで「リモコン取って」「エアコンつけて」「そこどいて」と伝えてくることには心底ムカついていたという。

「『あたしはこれ飲んでて手が離せないから。あんたどうせヒマでしょ』と言わんばかりの態度なんです。せめて言葉で伝えろよと返すんですが、頑なにマグカップから口を離そうとしないんで無性に腹が立っちゃって。だから無視していると今度は『ホワイ?』みたいな表情をマグカップ越しに見せてきて、それがまた憎たらしくて——」

姉は三十四歳で亡くなるまで、同じマグカップを使い続けていたという。

「火葬中に、『あっ』と気付いたんです。一緒にマグカップも入れてあげればよかったなって。だから終わって帰ってから、遺骨のそばに置いてあげようとしたんです。でも」

マグカップは茶箪笥の中で見事なくらい真っ二つに割れていたという。

鏡面仕上げ

鷲羽大介

最近、鏡面仕上げのタンクローリーがあるじゃないですか。ぴかぴかに磨いてあって、周りの景色が映るやつです。乗ってる人は、綺麗でかっこいいと思ってやってるんでしょうけど、俺は苦手なんですよ。あれが自分の車の前とか、隣の車線とかに来ると、空間が歪《ゆが》んだみたいで気持ち悪いんですよね。

この前もありましたよ。営業車で市街地を走っていたら、前の車が鏡面仕上げのタンクローリーでね。なんか嫌だなあ、幸先悪いなと思ったんです。それでね、前を見たら車体に自分の車が映ってるでしょう。魚眼レンズみたいにぐにゃっと曲がった感じでね、本当に嫌なんです。だけども前を見ないで運転するわけにはいかないから、早くどっか行ってくれねえかな、と思いながら仕方なく後をついていくしかないんです。

そしたらね、なんか変なんですよ。

その日はひとりで客先回りをしていたんですけど、タンクローリーに映った自分の車を見ると、助手席に誰か乗ってるんです。髪の長い、黒っぽい服を着た、ちょっと太めの女でした。

隣を見てみたら、やっぱり助手席には誰もいないんですよ。でも、タンクローリーにはちゃんとその女が座っている。顔はよく見えないけど、たしかにいるんです。

俺はもうびっくりしてしまって、声も出ませんでした。

そうしたら次の交差点でタンクローリーが左に曲がって、どこかに行ってしまいました。わざわざ追っかけるのも気持ち悪いんで、自分はそのまま目的の客先まで行きましたけどね。

後から思うと、どうも去年亡くなったおふくろの、若い頃の姿だったような気がするんですよね。俺が小学校に入ったぐらいのころは、あんな感じだったと思うんで。

さっき、空間が歪む感じがしていやだって言いましたけど、時間も歪むんですかね。そういうことってあるんですか。

マグネット

黒　史郎

大川さんが実家で暮らしていた頃のこと。真夜中に家の電話が鳴って、時間が時間なのでよくない報せではないかと不安を覚えながら受話器を取ると群馬の伯母だった。

たった今、気になることが起きたという報告だった。

寝ていたところ、いきなり息子に叩き起こされ、何事かと慌てて起きた。

なにか磯っぽい臭いがし、なんだろうと電気をつけると、明日の買い物のメモや公共料金の支払い用紙など紙ばかりが布団のまわりにたくさん落ちている。いずれも壁に掛かっているホワイトボードにマグネットで留めていたものだ。このボードには出前のメニューでもレシートでもなんでも留めていたのだが、一枚もなくなっていてマグネットだけが残っていた。

「一枚二枚だけ落ちたならまだしも、いっぺんに全部落ちるなんてことがあるかしら。それは不自然だと思うの。なにか悪い報せなんじゃないかって気になってねぇ」

紙を重ねていたらマグネットの力も重みには負けるし、一ヵ所が落ちたらそこから全部雪崩落ちても不思議はない。気にしない方がいいですよと返した。

「でもねぇ」

さっき自分を叩き起こしにきた息子は今は沖縄にいるから、本当はこの家にいてはいけないはずなのだという。

それを聞いてゾッとした大川さんは従弟の身を案じたが、後日、伯母が確認したところ変わりなく健在であった。

ひざ

我妻俊樹

奈々子さんは地元商店街の草野球チームのマネージャーを務めている。

ある日の練習で、グラウンドに落ちているスマホを選手の誰かが見つけた。その場には持ち主がいなかったので、彼女が預かって後で交番に届けることにしたそうだ。

帰宅後、バッグの中から聞きなれない着信音が響いた。あっ交番に行くの忘れてた！ そう気づいて奈々子さんが拾ったスマホを取り出すと、公衆電話からの着信だ。

持ち主が掛けてきているのかもと思い、電話に出てみたという。

すると電話のむこうから、妙にゆっくりした男の声が聞こえてきた。


ひーざーがー、みーぎーのーひーざーがー、わーらーうー、わーらーうー、んーでーかーらー、すーぬー、ちーねーにーてーりー、がー……

途中から何を言っているかわからなくなったが「右の膝が笑う」という言葉は聞き取れた。電話はいつの間にか切れていて、奈々子さんはしばらく呆然としていたが急に怖くなる。

すぐに交番に届けよう、そう思って家を出て、交番が見えてきたところでバッグの中をたしかめると、ない。あわてて引き返して家の中をさがしたけれど、拾ったスマホは見つからずじまいだった。

三週間ほど後に、野球の試合会場で転倒した奈々子さんは右膝を強く打ち、その場から動けなくなってしまった。

車で病院に搬送してもらい、レントゲンを撮ると膝蓋骨《しつがいこつ》、いわゆる膝のお皿の骨が折れていることがわかった。

転倒した場所は、そういえばちょうどあのスマホが落ちていた場所だ、と病院のベッドの上で気づき、あらためて得体のしれない恐怖に襲われたという話である。

憎《にく》

黒木あるじ

コロナが流行《はや》る前年、けっこう長いあいだ体調を崩していたんですよ。

身体は重いし頭は痛いし、食べてもすぐ吐いちゃうし、なんだか眠れないし、ようやく寝ても悪夢を見て起きちゃうし。最初は、元カレと別れた直後だったんで「心のどこかで引きずってるのかも」なんて呑気に考えていたんですが、いっこうに治る気配がなくて、とうとう休職するまで悪化しちゃったんです。

で、シンドすぎて二、三日なにも食べない日があったんですけど。

「さすがにヤバいよな、なにか適当に作ろう」と冷蔵庫を開けたものの、ろくに買い物も行ってないから炭酸水しか入ってなくて、しかたなくフリーザーを漁っていたんですよ。

そしたら——冷凍庫のいちばん底に、変なものが転がっているんです。

サイコロステーキみたいな四角い肉が一個、ラップで何重にもくるまれているんです。

首を捻《ひね》りました。だってわたし、冷凍するときはフリーザーバッグに入れるんで。

「なにこれ」と思って、おそるおそる肉をつまんだら指先がチカチカするんです。尖った感触が伝わってくるんです。わけがわからず、とりあえずラップを剥《は》がすと——。

針でした。

虫ピンみたいな細い針が、正方形すべての面に何本も刺さっていたんです。その先端が反対側の肉を突きやぶって〈棘《とげ》キューブ〉状態になっているんです。

すぐ「あ、元カレがこっそり入れたな」と確信しました。いや、そういう真似をしても不思議じゃない人なんですよ。だから別れたんですけどね。

あんのじょう、その肉を廃棄してからは体調も回復。いまは元気に働いてます。


肉の種類――ですか。そういえば考えたことなかったですね。薄い桃色の肉で、やけに脂身が多かったけど、牛や豚っぽくはなかったような気がします。

あの、なんでそんな質問するんですか。あ、うわ、そういう意味か。怪談作家さんって厭《いや》な想像しますね。そんなこと訊かれるんだったら、焼く前にちゃんと見れば良かったな。

ええ。焼きました。

ぼそぼその炭になるまでコンロで燃やしてから、ゴミ箱に投げ捨てました。

理由は――なんとなくですかね。そうすれば〈あいつに返却される〉気がしたんですよ。

ま、連絡先は消しちゃったんで確認しようもないですけど、いまさらどうでも良いんで。

怪物退治

つくね乱蔵

小山さんは、とあるスーパーのサービスカウンターで働いている。多岐にわたる業務を難なくこなすベテランだが、クレーム対応だけは緊張するという。

殆どの場合、誠意を以て対応すれば解決する。けれども、中には苦情そのものを目的とする輩《やから》がいる。

このスーパーの場合、それは樋川という男であった。

五十代後半、おそらくは無職。連日のように売場を一日中うろついている。何を買うでもなく、あれこれ手に取っては棚に戻す。

見るからに不潔な着衣と脂ぎった禿頭、五メートル先にいても悪臭が漂ってくる男だ。店員の態度が悪い、便所が汚い、自転車が邪魔で通れない等々、ありとあらゆる言い掛かりで半日を潰す。解決方法を提示しても受け入れようとしない。

鬱積を晴らすのが目的なのは明らかだ。警察に相談したこともあったが、民事不介入となかで全く役には立たなかった。

最大の被害者はサービスカウンターの担当者である。四人体制で回しているのだが、全員漏れなく泣かされていた。

特に、新人の今村さんは餌食になることが多く、体重が激減したほどだ。

その日も樋川が開店と同時に姿を現した。真っ直ぐこちらに向かってくる。うんざりする小山さんの隣で、今村さんがポーチから何かを取り出した。横目で確認したそれは、どう見ても藁人形である。今村さんは何事か低く呟きながら、藁人形の右足首を捻った。

その瞬間、樋川が悲鳴をあげて座り込んだ。己の右足首を握り、折れた折れたと喚いている。

駆けつけた警備員の要請で救急車が呼ばれ、程なくして樋川は搬送されていった。

ちらりと見えた右足首は、見事なまでに膨れ上がっていた。

今村さんの種あかしによると、今やったのは、彼女の祖母が教えてくれた術らしい。

細かいやり方はあるが、一番大切な要素は相手に対する強い憎悪だという。それならば、小山さんも残りの二人も十分過ぎるほど持っている。

こうしてサービスカウンターの四人は、対策チームを創立した。

今後の予定によると、先ずは足回りの骨折を繰り返すことでチームの実力向上を目指す。

最終的には、樋川の五感を全て奪った上で寝たきりにするそうだ。

死に顔

丸山政也

甲信越地方の某村に住んでいたSさんは、子どもの頃、村外れに生えている松の古木にニホンザルが首を縊《くび》られて息絶えているのを何度か見かけたことがあった。

おそらくは猿の獣害に悩まされたひとが、腹いせか見せしめにやっているのだろうと思っていた。

ところが、だいぶ経ってから、その同じ木で首を吊って死ぬひとが何人か出た。

なかにはまったく地元でない者もいたようだった。Sさんは二度もその現場を目撃してしまったそうだが、そのいずれもが、かつて目の当たりにした猿の死に顔そっくりの表情なことに鳥肌が立ったという。

またどうしたわけか、Sさんが見たふたりとも、両手の指先が常人では不可能なほど奇妙な具合に反り返っていたそうである。

フレンズ

鈴木 捧

セイラさんが中学生のとき、友人たちと女子四人でプリクラを撮ったのだが、セイラさんと友人の一人の頭の間に黒い人影が写ったらしい。撮影した写真を画面で確認するときも、あとから文字などを書き加えてデコレーションするときも、そんなものは写っていなかった。現像したシールが筐体《きょうたい》から排出されたものを見て、初めて気づいたそうだ。人影は肩から上の輪郭を思わせる濃いシルエットだったそうである。セイラさんと友人四人とその人影の計五人の姿の下に「friends」という文字がデコレーションされたそのシールを見て、とても気まずくなったそうだ。

針のブラジャー

田辺青蛙

とんでもなく禍々《まがまが》しい物が届いたので、受け取って欲しいと、ある日紙袋に入った何かを手渡された。紙袋の中を見るとそこにあったのは、待ち針がビッシリと刺さった桃色のブラジャーだった。

「家のドアの所にガムテープで張り付けられて下がっていたんです。意味が分からないし、誰がこんなことをしたのか心辺りも全く無くって。しかも、内側のパッドが入る部分にお経みたいな文字が書いてあるのも見えたんで、これ、何かの呪物じゃないかなと思って持って来たんです」

私は気になったことを二つだけ、目の前の人に尋ねた。

一つは、警察にこのことを届けたのかということと、もう一つはその住まいから引っ越したのかということだった。

返答はどちらもノーで、水晶の数珠をしているから大丈夫だということだったが、私はストーカーによる嫌がらせの可能性もあると思い、紙袋の中のブラジャーは証拠品になるから受け取れないと伝えた。

ついでに、今すぐ警察に電話することと、明日にでも引っ越し先を決めるようにとも言ってみたものの、目の前に佇んでいる人は「はぁ」と答えたっきりで、私の言葉にピンと来ていないように見えた。

そんなことがあってから二年程経った頃、私の家の郵便受けに穴の空いた小さな、水晶の球と一緒に「数珠だけでは駄目でした」というメッセージが入っていた。

それだけしか書かれていなかったが、メッセージの送り主はかつて針まみれのブラジャーを私に手渡した人だったのではないかと思った。

あの後、待ち針を刺したブラジャーを送った持ち主と、何かとんでもない出来事があったのだろうか。そして、イベントでこの話をすると、時々うちにもそんなブラジャーが届いたことがありますという女性が定期的に現れる。

ブラック

鈴木 捧

ユウリさんは仕事に行くのが本当に辛かった時期がある。今から思うと自分でも病んでいたなと感じるのだけれど、朝の洗顔のときに鏡に向かって「今日も頑張ろう」と声に出して言うのが習慣になっていたそうだ。

徹夜が続いたあと終電で家に帰ってきた日の翌朝。四時間眠り、目を覚まして顔を洗う。今日も仕事だ。鏡の前に立ち、洗面台に手を着いて力を入れ、「うしっ、今日も頑張ろう」といつもより気合いを入れて呟いた。顔を上げて鏡を見た。

灰色の生気のない自分の顔が無表情のままこちらを見ていた。

「もう頑張れねえよ」と抑揚のない口調で言った。

ユウリさんは次の月にはその会社を辞めて、今の仕事に就いたのだという。

穴の向こう

鷲羽大介

物流倉庫で働いている俊昭さんが、品物の発送を終えて、樹脂製のパレットを片付けているときのことである。

パレットは縦横の寸法が一メートル十センチ、厚さは十五センチぐらいで、それを十五枚重ねてひと山にするのが、その現場のルールだった。俊昭さんが、フォークリフトを操縦してパレットを積み重ね、倉庫の隅に持っていこうとしたら、一番上のパレットに空いている、フォークリフトの爪を差し込む穴の向こうが、何やら光っていた。

俊昭さんは座席で伸び上がって、穴の中を覗き込む。

人の顔がふたつ、向こうから覗いていた。目の回りしか見えないが、どちらも若くて美しい女のように思われる。

驚いて、重ねたパレットの山の裏側を見てみたが、誰もいなかった。そもそも一番上のパレットは二メートル以上の高さがあり、人がそこから覗くことはできないはずである。

あの穴の向こうの世界には、どうやったら行けるんですかね。

俊昭さんは力なくそう言う。仕事は来月で辞めるそうである。

殴る女

黒 史郎

板橋さんは男友達と六人で茨城のキャンプ場へ行った。

昼頃に着いて鉄板焼きそばで腹を満たすと、午前中ずっと運転で疲れが出たのかKはコテージ内で大いびきをかいて寝てしまった。寝かしておこうとみんなで川遊びをしていたが、Kはいつまで経ってもコテージから出てこない。何度か交代で起こしにも行ったが、Kは完全熟睡でまったく起きなかった。

陽も落ちてきてそろそろ夕食の準備をしようとみんなで起こしにいったが、コテージの中にKはいなかった。サイフやケータイはあったので散歩にでも行ったのかと夕食の準備を始めるが一時間経っても帰ってこない。さすがに心配になって本格的に捜そうとなった頃、ふらっとKは戻ってきた。

右瞼《まぶた》が腫れているので何があったと聞くと「知らないキ○ガイ女に殴られた」と話す。寝ていると四十代くらいの大柄な女がコテージに入ってきて、いきなり殴りかかってきた。捕まえようと追いかけたが女を見失い、気がつくとどこかの河原の近くだった。ケータイもないので連絡しようもなく、迷いながらなんとか戻ってきたという。

そんな騒ぎがあれば誰かは気づきそうなものである。彼の言動にはいろいろ怪しいところもあったが、掘っても何も出そうもない空気を読んでか誰もそれ以上追及しなかった。

その晩、煙草を吸いに外へ出た板橋さん他二人は、自分たちのコテージの裏に大きな女が入っていくのを見た。

「でかい女がいる！」と他のみんなに呼びかけ、すぐにコテージの裏へ走ったが、そのまま板橋さんたちはグルリと回って元の場所に戻ってきてしまった。

女は消えてしまったという。

ベンチの上の位牌

我妻俊樹

岡部さん夫妻はある日散歩で公園を抜けていくとき、ベンチの上にぽつんと位牌が置かれているのを見つけた。

落とし物とは考えづらいし、誰かがわざと置いたのだろうか。いずれにしても放っておけないが、持ち運ぶのもなんだか嫌だったので管理事務所に知らせることにした。

事務所を覗いておじさんに声をかけ「むこうのベンチの上に……」まで言いかけたところで、

「うん、位牌がありましたか。大丈夫です把握してますから」

そう遮るようにおじさんが言って話を終わらせてしまう。

夫妻で顔を見合わせたのち、奥さんが食い下がった。

「把握してるって、置きっぱなしということですか？　警察に届けなくていいんですか？」

するとおじさんは苦笑いして「いや、位牌なんてないんですよね」と言う。

いや、ありましたけどと奥さんが言うと「今行ってみればわかると思いますよ」とおじさんは素っ気ない。

なので引き返してみたところ、さっきのベンチの上には年老いた黒猫がちょこんと座っていて、眠そうな目で岡部さんたちを一瞥《いちべつ》した。位牌はどこにもなかったそうだ。

ねこだまし

黒木あるじ

ちりりん――深夜、軽やかな音で彼女は目を覚ました。

これは鈴だ。愛猫のミイがつけていた鈴の音だ。一ヶ月前に死んだあの子が会いにきてくれたんだ。嬉しさに布団を跳ねとばし、身を起こす。

猫はいなかった。女がいた。

目や歯がこぼれそうなほど浮きあがっている、がりがりの女だった。

萎びたエノキのような指でミイの鈴をつまみ、ちりちりちりちり揺らしていた。

「たべてしまったそうですよ」

抑揚のない早口で言うや、女はどんどん黒ずんで夜のなかに溶けた。

また騙されるのが恐ろしく、おかげでいまも新しい猫を飼えていない。

送り付けられた箱

田辺青蛙

ライブハウスで怪談のイベントを終えた後、物販ブースの近くを片付けていると声をかけられた。顔を上げると華奢な女性が私を見て、微笑んでいた。

「あのう、呪物を集めてらっしゃるって聞いたんですが、一つうちにある物を送ってもいいですか？」

私は快諾し、送り先の住所を書いた紙をその場で渡した。

仕事場の住所を送り先として渡してから数ヶ月が経ったが、何も届きはしなかった。

こういうことは時々あるので、気にしていなかったが、半年経った頃、仕事場に帰ると玄関横に黒ずんだ箱が置かれていた。

どうやら置き配で届いた荷物のようだが、送り主の宛名に書かれた名前に覚えはなく住所欄には都道府県と町名しか書かれておらず、電話番号もどう見ても出鱈目だった。

しかも、夏場だったからということもあって、箱からはもわっと腐臭が漂っていた。

臭いを嗅いだだけで、胃の中から酸っぱいものがせり上がってきた。

私は息を止めて、マンションの同じ階に住む人の迷惑になると思い箱を持って部屋の中に入った。そして、何重にも巻かれたガムテープを剥がして箱を開けると、そこには湿気ったティッシュペーパーがぎっしり詰まっていた。それだけでなく、箱の中からごそごそと蛆虫でも入っているのか、蠕動運動をしている小さな何かの振動も伝わってきた。

瞬間的に、その時に頭に浮かんだのはかつて友達の家で飼っていたハムスターが脱走して変わり果てた姿になっていた、それを嗅いだ記憶だった。

息を止めたまま、台所まで私は走ってゴミ袋を取りにいき、箱をそのまま詰め何重にも口の所を縛った。そこでやっと息を吐き、換気扇を回し脱臭剤をゴミ袋の周りに置いた。

「ふう」と一息ついたところで、ピンポーンとインターフォンが鳴ったので、出たら宅配業者の制服を着た人が映っていた。表情は俯き加減で、抱えた荷物を見ているせいかよく分からなかった。

「はい」と受話器を取って出ると、宅配業者の制服を着た人がこう言った。

「先ほど届いたお荷物気に入っていただけました？　中身、別に食べてもいいですから」

私は受話器を置き、ドアのチェーンをかけ、部屋の中でじっとしていた。

だが、その後。誰も仕事場のマンションのインターフォンを押しには来なかった。

黒いベンチ

鷲羽大介

三年前の話だという。

康彦さんが体育館のトレーニング室へ筋トレをしに行くと、ベンチプレスのバーベルが重りをつけたまま放置されていた。使用後は重りを片付けるのがマナーである。康彦さんは、文句を言ってやりたいなと思ったが、重りがやたらたくさんつけられているのを見て、そんな気持ちが萎えていった。数えてみると、バーの重さを入れて一六〇キロある。これを上げていたやつの姿を想像すると怖くなるが、空いている時間帯であり、他には誰もいなかった。

康彦さんのベンチプレスは、MAXで六〇キロである。ふと、一六〇キロってどれくらいの重さなんだろうという好奇心から、いたずら半分で黒い合皮の張られたベンチに横たわり、バーを握って力を込めてみた。

まったく重さを感じることなく、バーベルはすっと上がった。

本来なら、バーが胸につくぐらいまで下げ、また上げるのがベンチプレスのやり方である。だが康彦さんは不気味な感じがして、バーベルを台に戻した。

もう一度、バーを握って力を込めてみたが、今度はぴくりとも動かなかった。

あのときの記録を、いつか本物にしたいんですよ。そう思うとトレーニングにも力が入るし、筋肉のためなら何でもしてやるって気持ちになるんですよね。

休憩用ベンチに座った康彦さんは、甘味を添加していない高純度のプロテインを水に溶かした、スペシャルドリンクを勢いよく飲み干し、分厚く盛り上がった大胸筋をぴくぴく動かしながらそう言った。

今は一四〇キロまで上げられるようになったそうだ。私はというと、フリーウエイトは怖いしバーベルに重りをつけたり外したりするのが面倒なので、やったことはない。専らマシンで、適当に汗を流す程度である。なお筋トレ後のドリンクは、チョコレート味のプロテインをバナナ風味の豆乳に溶かした、スイーツ感覚で飲めるものを愛用している。

康彦さんのドリンクを一度だけ味見させてもらったことがあるが、よほどモチベーションの高い人でないと、とても飲める代物ではなかった。

結局

黒　史郎

高校最後の思い出作りにと、カナさんは自分の誕生日に友だち数人と遊園地へ行った。

ロケット型の絶叫マシンに乗っていた時、前に一人で乗っていた友だちが大きなカーブのところで座席からふわりと浮きあがって、そのまま転落して死亡したという記憶がはっきり映像として記憶にある。その友だちは誕生日が同じでよくプレゼント交換をしたし、小学生の頃は毎日のように遊んでいたのだが、中学卒業以来は一度も会っていないので、この記憶はおかしい。

一緒に遊園地へ行った他の友だちは高校の友だちだし、誰もそんな事故の記憶はなかった。つまりこれは誤った記憶なのだが、どういうわけか二十年経った今も、マッチ棒のように落ちていく友だちの姿と当時の混乱を生々しく思い出すことができるのだそうだ。

数年前に地元に帰った際、中学時代の同級生と会う機会があった。

その時にKという同級生が事故で亡くなっていたのを初めて知ったのだが、それが記憶の中で絶叫マシンから転落した友だちであった。

しかもKが事故に遭ったのが、カナさんが遊園地へ行った同日――二人の誕生日であることがわかった。

結局、その日に亡くなってはいたのである。

ゆうちゃん

我妻俊樹

小四のとき事故で死んだゆうちゃんが今でも夢に出てくると深幸さんは言う。

夢の中で年々ちゃんと歳を取っていて、今では深幸さんと同じ四十代の女性に見える。

だが事故でめちゃくちゃになった頭部はそのままだった。

顎にあるホクロでかろうじてゆうちゃんだとわかるが、恐ろしくて正視できない。

また夢を見るんじゃないかと思うと深幸さんは毎晩憂鬱だ。


「すきなひとができたから、もうあいにこないよ」

ある晩、ゆうちゃんの声が耳元に響いて目を覚ました。

以来本当にゆうちゃんの夢を一度も見ていないという深幸さんは、あれから周囲に頭を負傷する事故で亡くなる人が多い理由を考えないようにしている。

期限切れ

つくね乱蔵

母との会話中、深田さんは唐突に妙な事を思い出した。

子供の頃、母と一緒に御祓いを受けたことがある。

どこか知らない家だ。怖いお婆さんがいた。母が泣きながら何か訴えていた。

記憶を探ろうとした途端、母が言った。

「ねえ。私、あなたを連れて御祓いに行った気がするんだけど」

「私も丁度言おうとしてた。あれ、何だったの」

考えるまでもなく、二人は同時に思い出した。

あの頃、母は店の客に付きまとわれていた。結局、その男は病気で急死したのだが、死んでからもなお付きまとってきたのだ。

何とかしてもらおうと頼ったのが、あのお婆さんだ。

当時の様子が鮮明に蘇ってきた。お婆さんは自信たっぷりにこう言った。

「大丈夫や、安心せい。わしの目が黒いうちは、二度と来ないからな」

わしの目が黒いうちは。

そう約束してくれたのだ、二十年前に。

いかめ

黒木あるじ

浦部さんが在籍していた六年二組では、一時期〈いかめ〉なる遊びが流行していた。

眼球に力をこめ、イカの瞳そっくりに変化させる「にらめっこの一種」なのだという。

「イカの目って独特でね、黒目が微妙に歪んでいて、白い部分はデロデロしてるんですよ。理科の教材で見て、男子数名が真似したのが発端だったかな。いつのまにか教室じゅうに広まって、ひと月も経つころには全員〈いかめ〉ができるようになってましたね」

しかしある日、ブームは突然終わりを迎える。

「ひとりが〈人間の目〉に戻らなくなっちゃったんです。〈いかめ〉のまま泣きさけぶ子を見た担任が大騒ぎしちゃって。それで自然と収束したって感じです」

半月後には〈影切り鬼〉がクラスを席巻し、〈いかめ〉は忘れられていった。

当事者の子は長らく欠席したまま、卒業式にも姿を見せなかったという。

「大人になってから何度かトライしてみたんですが、どう頑張ってもできないんですよ。あのころの僕たち、どうやって眼球を変形させてたんでしょうね。そもそも」

真似していたのって、本当にイカの目だったんですかね。

証言

つくね乱蔵

伊達さんは少し変わった趣味を持っている。野外で聞こえてくる音のコレクションだ。野鳥や蝉《せみ》の声、せせらぎや波、風に揺れる竹林、雷。ありとあらゆる自然の音を集めている。

少し前、伊達さんは仕事で上京していた。用事を済ませ、とある交差点に向かう。録音対象は音響信号機。その中でも、メロディ式の信号機が目的である。

メロディ式の信号機は絶滅寸前で、伊達さんが暮らす関西圏には一基も残っていない。いつか上京した際、メロディ式を録音しようと決めていたのだ。

ホテルに戻り、録れたての音をチェックしてみる。問題なく録れているようだ。

満足して何度も聞き返すうち妙なことに気づいた。マイクのすぐ横で誰かが喋っている。当時、周りに人がいなかったのは断言できる。第一、目の前でそんな事をされたら直ぐに分かる。

人の声が際立つように周波数を補正し、音を最大にして聞いてみた。

「あたし、ここで死んだの」

若い女の声だったという。

めだまなめ

田辺青蛙

怪談会で「めだまなめ」の話を聞いた。

深夜コンビニで某銘柄のアイスを二本と、ゼリーを一つ買うと出会えるというその妖怪は、見る人によって姿は違うらしいが、必ずこんなことを言うらしい。

それは、「あなたの目玉を舌で直接舐めさせてくれませんか?」ということだ。

断ると、それから四週間以内に大きな病気か怪我をするとか、とことんツイてない目に遭うらしい。しかし、目玉を舐めることを承諾し、実際に舌で眼球をぺろぺろと舐めて貰うと一週間くらい超絶にツイている状態になるそうだ。

この話をしてくれた女性は、自分が推しの芸能人似の男性に言われたので喜んで目を舐めていいと答えたらしい。しかし男性が近くに寄ると、酷い口臭と体臭を感じたそうだ。我慢して目をべろべろっと数度舐められた時の悍《おぞ》ましさと言ったら、無かったそうなのだが、それから嫌いだった上司が左遷されたり、宝くじで数十万円が当たったり、以前から思いを寄せている人から告白されたことがあった。

ただ時々、あの目玉を舐められた時の感触をふとした瞬間に思い出し、冷や汗が全身から噴き出して、肌が粟立《あわだ》ってしまうという。

殴打

鈴木 捧

タクマさんが前職のときに、本社会議のあとの飲み会で前後不覚になるほど酔っ払って帰宅したことがあった。朝起きるとアパートの自室の玄関で目が覚めた。扉は施錠されておらず、少しぞっとした。

後頭部のあたりにびりびりと痺《しび》れるような痛みがある。飲みすぎた、と思ったのだが、痛む箇所を手で軽く押さえると、鋭い痛みが走った。指先にはごわつくような感触がある。嫌な予感を感じながらシャワーを浴びると、床に流れたお湯が黒々と染まっている。恐る恐る触れると、腫れあがって皮膚が裂けているのが分かった。

記憶が甦ってきた。昨晩、駅から家に帰る途中、歩いていて、後頭部を強く殴打されたのだ。いや、後ろなので見たわけではないのだけれど、状況的にそうとしか考えられなかった。恐らくバットが何かで殴られたのだ。

それにしてもおかしい。殴られて気絶したならどうやって家まで帰ってきたのだろう。意識はあって、這々《ほうほう》の体《てい》で返ってきたのだろうか。そこまで考えて、あ、まさか、と思う。急いで懐《ふところ》から財布を取り出し、中身を改めた。お金もカードも特に何ともない。正確な金額などは憶えていないが、減ってすらいないように思える。

安心と、じゃあ何故？　という疑問が浮かんだところで、紙幣の間から薄い茶褐色の紙片が落ちた。二つ折りに畳まれたそれを広げると、印字したような揃った字で携帯の番号が書かれていた。知らない番号だ。

しばらくは何事もなかったが、ひと月ほど経ってからのこと、会社に出勤するとデスクの上に覚えのない紙が置かれていたことがあった。Ａ４サイズで、ペーパーウェイト代わりに個包装のチョコレート菓子が上に置かれている。一見白紙に見えたが、裏返すと中心に名刺サイズで写真が印刷されていた。赤らんだ顔のタクマさんが写っている。薄ら笑いのような表情を浮かべていた。奇妙だったのはタクマさんの両隣だ。右側には黒い毛むくじゃらの、左側には赤い泡立った皮膚の、怪物としか言いようのないものが立っていた。両方ともタクマさんの肩に手をかけているので、人の形をしているんだと辛うじて分かった。タクマさんの服装はあの泥酔した日のシャツで、襟元が赤と黄色で汚れていた。

あの日のことなのだろうか。社内の誰かの悪戯か。それにしても意味が分からない。

結局写真の紙は家に持ち帰って捨てた。財布に入っていた携帯番号の紙もレシートの中に紛れて行方が分からなくなった。

一連の出来事の意味するところはまるで分からないそうだ。

消えたともだち

鷲羽大介

十五年前の夏に、小学五年生だった私が体験した話です。

林間学校の夜に肝試しがあって、小学校に入る前から一緒に遊んでいた、一番の仲良しの希美ちゃんと組むことにしました。裏山に石碑があって、そこに置いてあるノートに名前を書いて帰ってくるというやつです。私も怖かったんですけど、希美ちゃんはもっと怖がって涙ぐんでいたので、逆に勇気が出たというか、私が希美ちゃんを守らなくちゃいけない、と思いましたね。

山道は暗くて、懐中電灯の明かりだけが頼りでした。足元も石がごろごろしているし、すごく不安だったのを覚えています。

しばらく歩くと、その石碑がありました。照らしてみても何が書いてあるか読めませんでしたが、かなり古いものだったと思います。私がノートを取り上げて自分の名前を書いていると、後ろにいた希美ちゃんが急に私の名前を呼んで、ジャージの袖を引っ張ったんです。どうしたんだろうと思って振り向くと、希美ちゃんの身体は右半分しかなくて、左半分が消えていました。そしてすぐ、残りの右半分も、煙みたいにふっと消えてしまったんです。

私はびっくりして、彼女の名前を呼ぼうとしたんですが、なぜか声が出ませんでした。隠れたのかと思ってあたりを懐中電灯で照らしてみても、どこにもいません。大変だ、私の一番の友達が消えちゃった、どうしよう。私は怖くて泣きながら、必死にみんなのところへ走って帰りました。

先生たちは、私が泣きながら走ってくるのを見て、そんなに怖かったのかと笑っていました。史帆ちゃんはもうとっくに戻ってきていて、どこ行ってたの、心配してたんだよ、とぷんぷんしているんです。私は何が起きたのかわからなかったんですけど、史帆ちゃんの手を握って、よかった、大丈夫だったんだね、と泣いていたと思います。

その後はとくにおかしなことも起きず、史帆ちゃんは先月結婚しました。結婚式にも呼んでくれたんですけど、とっても素敵な旦那さんで、うらやましくなりましたね。小さいころから一緒にいた、一番の仲良しの史帆ちゃんが幸せになってくれて、本当に嬉しかったです。

あのう……どうしてそんなに怪訝《けげん》な顔をされてるんですか。私、何かおかしなこと言ってますか？

号泣の告白

黒 史郎

仁木さんが住んでいるマンションで十年以上前に自殺があった。

亡くなったのは仁木さんの部屋の二階下の部屋に住んでいた人当たりの良い初老の男性で、何度かエレベーターで一緒になって会話をしたこともある。

数ヶ月が経った頃。同棲していた彼女が「実は……」と奇妙な告白をしてきた。

亡くなった男性を今でもたまに見かけることがあるという。

それまで霊感があるような話は聞いていなかったので俄《にわ》かに信じられなかったが、彼女がいつになく真剣な表情なので黙って聞いた。

彼女の話では――自分しか乗っていないエレベーターから、その男性が降りていく後ろ姿を一瞬だけ見ることがあるのだという。だが、その男性の部屋のあった階ではなく、なぜか仁木さんたちの部屋のある階で降りていく。そんなものを見たのが一度や二度ではなく、これはとても不吉なことなのだといって、彼女は号泣しながら訴えてきたのだそうだ。

蟹群

我妻俊樹

祖母の家の冷蔵庫は、老人の一人暮らしには釣り合わないほど大きかった。

あるとき優美さんがそのドアを開けると中に大小さまざまな蟹がびっしり詰まっていた。

よく見ると脚がごそごそ動いていて、中には冷蔵庫の外に逃げ出そうとしている蟹もいる。

悲鳴を上げてキッチンを飛び出した優美さんは、祖母のところへ行って泣きながら訴えた。

一緒にキッチンに来てくれた祖母は、がらんとした冷蔵庫の中を見せながら「優美ちゃん、お昼寝して怖い夢見ちゃったのかな?」そう笑っていたという。

だが笑顔がいつものやさしい祖母とは違う、なんだか意地悪な目つきに思えたそうだ。

以来優美さんは祖母の家に行くのを嫌がるようになり、二年後に亡くなるまで祖母とはほとんど会った記憶がない。

おばあちゃんにお別れの挨拶を、と連れてこられた棺の中は花のかわりにびっしり詰められた大小さまざまな蟹がうごめいていた。

親戚たちの前でその話をすると、二歳下の従妹だけが「そうそう! あのときおばあちゃん蟹と一緒に焼かれてたよね」と同意してくれるそうである。

巨木

鈴木捧

スミヤさんが数年前、静岡に一人で旅行に行ったときに妙な体験をした。

夏の静岡はどこも人が多い。旅行二日目だったのもあって少し疲れてしまい、落ち着けるところはないかと思いながら車を走らせていた。昼食に立ち寄った海鮮料理屋で周辺の情報を調べていて、ほど近いところにある巨木の杉の情報が出てきた。ここなら人がいなくて静かそうだと思い、行ってみることに決めた。

山に入って単車線の林道を少し走ると案内板を見つけた。路肩の広くなったところに車を停める。周囲にはまったく人の姿がなく、木々の深い緑の合間を縫うように遊歩道が続いている。聴こえるのは蝉と鳥の声、川の水音だけだ。道を示す目印の赤いテープがそこかしこについていたが、あまり人が立ち入っている様子はない。遊歩道の脇の柵も壊れて倒れたりしている。不安になりつつも、せっかくここまで来たのだから、と自分を奮い立たせた。

そうやって歩いて十五分ほどだろうか。杉は唐突に森の中に姿を現した。

魂を抜かれるような巨木だった。

大人が数人がかりでやっと囲めるというような幹回りに、縦横無尽に伸びる太い枝。

脇に回ると連理木になっており、隣の若い木を取り込もうとしているのが見て取れた。圧倒されながら木の周囲を一周して正面に戻って、えっ、と思った。木の陰から男が姿を見せたのだ。白いシャツと茶のスラックスのこれといって特徴のない男だった。

さっきまで人はいなかった。間違いない。

どこから？　と思ったが、そんなスミヤさんの困惑を意に介さないかのように男はただその場所に立っている。会釈してみるが返事はない。杉のすぐ近くで、立ち入りを制限する柵の内側でもあったので、何か言ったほうがいいような気もする。が、どう言ったものかと思う。そうやって無言の時間が流れるうち、男が唐突に口を開いた。

「酒をもらえませんか？」

意味が分からず、え？　と訊き返すが、男は応えない。かと思うと、カメレオンが周囲の景色に擬態するかのようにじわりと姿を消してしまった。杉の木肌に溶けてしまったようにも見えた。車までの道を戻るとき、遠くから「やっぱりいいです」と声がした。

なんとなくだが、男はあの巨木の杉ではなくて、連理で取り込まれようとしていた若い木のほうに関係があるのではないかと思えたという。

赤い風船

鷲羽大介

十五年ほど前、文恵さんが大学生のころである。

ゼミの飲み会で遅くなり、最寄り駅から、ひとり暮らしをしているアパートまでの道をひとりで歩いていた。街灯がついていて明るかったが、周囲には人影ひとつない。心地よい酔いもあいまって、文恵さんは街中での孤独を愉快な気分で味わっていた。

ふと、目の高さよりちょっと上に、赤い風船が浮かんでいるのに気づく。街灯に照らされてつやつやと光るその風船は、どこかの子供が手を離してしまったのか、紐をだらりとぶら下げたまま、ふわふわと漂っている。

文恵さんは、きっとガスが抜けてきているんだろうと思い、あたりに誰もいない開放感もあいまって、えい、とジャンプしてその風船の紐をつかんだ。

そのまま十メートルほど前に翔《と》んで、すとんと着地をした。引っ張られた感触もぶら下がった感触もなく、身体ごと浮いたような感じだったという。

えっいま何が起きたの、と文恵さんがあっけに取られていると、大きな音をたてて風船が破裂した。

魚市場のようなにおいが、あたり一面に漂ったそうだ。

高打率

黒木あるじ

ご承知のとおり、本書には「怪談マンスリーコンテスト」の受賞作が掲載されている。僭越《せんえつ》ながら、筆者も審査員として一次選考通過作品すべてに目をとおした。

さて——拝読した作品のうち、読んでいるさなかに卓上のランプが点滅したものが三本、玄関のチャイムが鳴ったものが一本、窓の側から笑い声が聞こえたものが一本あった。

念のため調べたがランプに故障した様子はなく、またチャイムが鳴ったのは午前四時ですぐさま玄関を確認したものの無人だった。ちなみに我が家の書斎は二階である。

〈打率〉でいうなら上出来の部類だと思うのだが——いかがだろうか。

該当する五作はいずれも本書に収録されている。どの話であるかは、あえて明かさずにおきたい。

読者諸兄姉にも、私の味わった〈ヒット〉を追体験してもらえれば嬉しいのだが。

せーのっ！

クダマツヒロシ

アルバイトを終えた佐伯さんが自宅マンションに戻ると、駐車場に二十人ほどの人だかりが出来ていた。皆一様にマンションの屋上を見上げている。屋上の縁には女性が一人立ち、フェンスを後ろ手に掴んだまま下を覗き込んでいる姿が見えた。

「飛び降りようとしてるんだけど、やっぱり怖いのか、体を前後に揺らしたりして……躊躇《ちゅうちょ》してるんだよ」

女性が体を揺らすたび、野次馬から短い悲鳴が上がる。何度目かの躊躇のあと、勢いをつけて大きく揺らした体を空中へ投げ出したその瞬間。

『――せーのっ！』

まるで示し合わせたかのように、佐伯さんを含めたその場の全員が大声で叫んだ。反射的にお互いの顔を見る。しかし直後に目の前で響いた凄まじい衝撃音で我にかえる。

すぐに救急車が到着したそうだが女性は助からなかったそうだ。

「なぜあんなことを叫んだのか分からない。でも『誰かに言わされた』って事だけは、はっきり分かるんだよ」

佐伯さんはあの日野次馬に参加したことを今でも後悔している。

いたずら

あんのくるみ

康太さんが小学生の頃、こんないたずらが流行っていた。友人にそっと近づき、気づかれないようにランドセルのロックを解除する。九十年代当時は手動がほとんどで、冠《かぶせ》に付いている錠前を九十度回すだけだった。その後、靴紐が解けているとか膝にゴミがついてるとか嘘をついてお辞儀をさせる。それでランドセルの中身をそっくり地面に落下させるのだ。その日も、下校中の友人・S君にいたずらを仕掛けた。背後に近づき、いつもの要領でロックを外す。するとランドセルから生臭いにおいがした。「こいつ、残した給食を持ち帰ってやがる……」季節は九月。きっと数日前の残飯がランドセルの中で腐っているのだろう。それごと地面にぶち撒けたならいっそう面白い。内心を悟られないよう笑いを噛み殺して言った。「おい、靴下に虫がついてんぞ」すぐにS君は振り返った。それから慌てた様子で腰から曲げるように下を向いた。ランドセルの冠がベロンと捲れた。「ひっ！」康太さんは息を呑んだ。露わになったランドセルの中に皺くちゃの老人の顔があった。男か女かわからない。ただ恨めしそうにこちらを睨んでいる。さっきよりも強烈な生臭さがした。「虫なんてついてねぇじゃん」そう言ってS君が顔を上げた。冠が元の位置に戻る。カチッとひとりでに錠前が回転する音がした。

オヤマさま

雨水秀水

Nの趣味はドライブだ。蒸し暑い夏の夜、彼女を助手席に乗せて、彼女の地元の山をドライブした。山道を走っていると、道端に男が一人立っていて、手を振ってきた。夜間に山でぽつんと立っているのは、どうにも不自然だ。

「どうしましたか?」と窓を開けて声をかけると、

「ヒッチハイクの途中で降ろされてしまって」と答える。

「もしよかったら」、不憫に思ったNがそう口にする前に、慌てて彼女が制した。そして「車を出して」と言う。「いや、でも」と躊躇したが、間髪入れず彼女は、「早く」と叫んだ。温厚な彼女が声を張り上げることは珍しく、Nは弾かれるようにアクセルを踏んだ。

男の姿が見えなくなったあたりで、彼女が呟いた。

「多分、オヤマさま」

オヤマさまは、彼女曰く、山にいる「何か」らしい。昔から言われている話で、関われば何が起こるか分からないそうだ。ここの生まれではないNは、無理やり納得するしかない。

翌日、ドライブをした山道の崖の下で、転落したワゴン車が発見されて騒ぎになった。発見場所は、Nがオヤマさまに出会う少し手前の地点だという。

オンラインカウンセリング

ヒサクニ

　中小企業の経理課で働いていたチアキは、以前から悩み相談のグループカウンセリングに参加したいと思っていた。

　なかなか勇気が出なかったが、コロナ禍の影響でオンラインカウンセリングが可能になったため、参加してみることにした。

　指定されたオンラインには六人が参加していた。なかには顔出しせずに音声のみの参加者もいる。チアキはとりあえずグループカウンセリングの様子を窺うことにした。

　参加者が一人ずつ、自分の悩みや経験を語っていく。他の参加者は批判や否定をせずに、ただ聞き役に回る。

　顔出しをしていない何人目かの参加者が話し始めたとき、チアキは違和感を感じた。画面から聞こえてくる女性の声に、どこか聞き覚えがあるような気がする。

　女性は自分の罪について告白し始めた。

　失恋の痛手から、何の気なしに始めたギャンブルにハマってしまったこと。しだいにギャンブルのことしか考えられなくなり、会社のお金に手を付けてクビになったこと……

　女性の告白を聞きながら、チアキは凍り付いた。

聞き覚えがあると思った声は、自分の声だった。画面の向こうで、もう一人の自分が話しているのだ。

チアキはギャンブル依存症で、会社の経費を着服して解雇されていた。このままではいけないと思い、ギャンブル依存症当事者のグループカウンセリングに参加したのだ。

（何で？　どうして私がしゃべってるの？）

混乱しているチアキをよそに、女性の告白は続いた。

会社を解雇された彼女は自暴自棄になり、さらに高額なギャンブルにのめり込んだ。闇金から借金を重ね、風俗店に沈められ、薬物にも手を出し……

画面越しの自分から、今後の行く末を予言するかのような告白が続いていく。

チアキは恐ろしくなって、慌ててオンラインを退出した。

それ以来「きっぱりとギャンブルから足を洗った」と、チアキは真顔で語った。

カラオケルーム

北城椿貴

「お一人様三時間のご利用で前払い五〇〇円です」

私はその日、神奈川県内Y市にある激安カラオケ店を訪れていた。

失声障害に陥ったかつての経験から、この店で定期的に発声練習に励むことにしていた。

「すみません。混雑していてこの部屋しか空いてないんです」

大人数用と思われる広い部屋。穴だらけのソファ。壁際にはジャンク品。モニターの向こう側のベランダと思われる空間には、ダンボールと思わしきものが三個積まれていた。

——何十回も来てるけど初めて通される部屋だな。ごみごみしてるけど仕方ないか。

狭い音域でも歌える楽曲を何曲か入れ、一時間半ほど経ったところで、ガラス戸の向こう側に透けて見えるダンボールだと思っていたものが、しゃがんだ。

恐怖で居ても立っても居られず、逃げるように退店した。

一番上の箱だと思っていたものは何かの頭部。その下の箱は恐らく何かの腰。一番下にあった箱に見えていたものは恐らく何かの下半身。しかし人影にも見えなかった。恐らくは、人でない何かの影。

——いや、冷静になった方がいい。きっと私、何か別のものと見間違えたんだ。

私は地上に出てカラオケ店の外観を確かめてみた。その建物にはそもそもベランダがなかった。

じゃんけん

増本君は、子供の頃。
鏡とじゃんけんしていて。
勝った事がある。

吉田 零

きぎるわない

緒音 百

江田さんという男性から伺った話。台風の影響により停電したため夜九時前に寝床についた晩。早すぎる就寝にちっとも眠れず一階のリビングに下りたら、明かりも点けずに家族がテーブルを囲んでいた。何だ。皆も眠れなかったんだ、と思った。

「俺達、きぎるわなきゃ良かったのになぁ」と父が言った。

「貴方が言ったじゃない。きぎるわなかったらもっと酷いことになるって」と母が憤る。

ただならぬ雰囲気で、暗闇のなか両親の表情はわからないが家族会議であるのは確かだ。

自分が部屋でだらだらしていた間に何かあったのだろうかと心配になった。

「やめてよ。私だってきぎるいたくなかったのに。お兄ちゃんだけずるい」

顔を覆って泣きだす妹。俯く父親。愚痴り続ける母親。自分だけが蚊帳の外だ。

「さっきから何の話？」

家族が一斉にこちらを見た。今まで見たことのない恐ろしく無機質な表情。急に恐ろしくなって「もう寝る」と自室に逃げ、朝になるまで一階には行けなかった。

翌朝、「昨日何時まで起きてたの？」と訊くと、全員が「九時だよ」と答える。

……あの夜リビングで会議をしていたのは、どこの家族だったのだろうか。

スタンドバイミー

緒方さそり

西田さんは鉄道写真家だ。

子供の頃から撮り鉄だった。

だが十歳の時、駅ホームで通過の電車を撮影しようとした際、誤って線路に転落した。

そして、走って来た電車に、両足の膝から下を轢断《れきだん》された。

以来二十年間、両足義足で生活している。

今は写真家として、鉄道旅をしながら、全国各地のローカル線を撮影する日々だ。

西田さんが撮る鉄道写真には、たまに線路を歩く子供の両足が写る。

膝から下の、子供の両足だけの幽霊だ。

その足は昔、十歳の西田さんが、両足を轢断した時に履いていた物と、同じスニーカーを履いている。

細かな傷の位置まで一緒で、同一のスニーカーに違いない。

つまり、十歳で西田さんが失った両足だけが、幽霊となって歩き回っているのだ。

子供の西田さんの足も、全国の線路を巡って、散歩旅を楽しんでいるのだ。

ズリズリ

影野ゾウ

関西でOLをしている恵子さんから聞いた話。

夜、仕事帰りに近所のアーケードを歩いていると、前から大学生らしい出立ちの二人の女性が歩いて来るのが見えた。

二人は特に話を交わすわけでもなく、ただただ無言で歩いているのだが、向かって左側、お店に近い方の女性が大分おかしな歩き方をしているので恵子さんは思わず見入ってしまった。

恵子さんと同じくらいの身長、シックな大人しめの服装をしていて少し不安になるくらい華奢な体つきをしているのだが、既に閉まっている店舗のシャッターに右半身を押し付けて歩いている。

酔っているのか自分の足では立てない様でズリズリと、服は基より頭までシャッターに押し付けながらコチラに向かって歩を進めてくる。

横にいる女性はそんな友人を気にも留めずに、誰かとやりとりでもしているのかずっとスマホに目を下ろしている。

そこまで深い時間帯でもなかったのと、ここまで酷い酔っ払いを見たことがなかった恵子さんは思わず女性をジロジロ見ていたのだが、自身の行動を後悔してしまった。

件の女性がシャッターにもたれながら歩くたびに、少しずつ右半身が薄くなっている。

まるで大根おろし器にかけられたかのように肩や頭髪辺りがズリズリ、ズリズリと少しずつ削れていってる。

しまった、見てはいけないモノだったかと後悔すると同時に、女性が恵子さんの視線に気づいたのかキッと睨み返してきた。

あまりの眼力に目を逸らすことも出来ず、女性が削れていく様を見ながら恵子さんは息をするのも忘れてこの二人の女性とすれ違った。

通り過ぎて少ししてから恵子さんが恐る恐る振り向くと、壁にもたれる女性の姿はなく、スマホを弄っている女性が、不思議そうにコチラを見返してきているだけだった。

すれ違う頃には件の女性は右肩が完全に無くなっていて、頭は右目を過ぎて鼻近くまで削れた顔で、左目だけで恵子さんを恨む様に睨んできていたという。

翌日の早朝、出勤の際にそのアーケードを通ると、左右全ての店舗のシャッターが恵子さんの目線の高さと同じ部分だけ、汚れが落ちて綺麗になっている事に気付いた。

恵子さんはそれ以降、出来るだけ夜にその商店街は通らない様にしている。

ネイル

キアヌ・リョージ

幼い我が子の記録を残すため、A子さんはデジタルカメラを購入した。

幼稚園での運動会や学芸会はもちろんのこと、近所の公園に出かけた時や動物園に行った時など、様々な場面をカメラに収めたそうだ。

ある程度撮りためた写真をパソコンで整理している時だった。

自宅で撮影した一コマに奇妙なモノが写っていたのだという。

リビングで泣いている我が子を撮った写真。

その首元を真っ白い手が締め付けるように写っている。

何もない空間から生えるその手は人間のもののようであったが、撮影した時、自宅にはA子さんと子供以外いなかった。

「ネイルまではっきりと写っていたんですけど、よく見たら撮影当時に私がしていたネイルの模様と同じだったんです」

A子さんは恐ろしくなって、直ぐ様写真を削除したのだという。

バイブレーション

クダマツヒロシ

陽介さんが中学生の頃、正月に祖母の家で親戚一同が集まってテレビを見ていると、台所に立っていた母が何やら騒ぎ出した。

携帯に着信があり確認したところ、昨年死んだ祖父の番号が履歴に表示されているのだという。

母が差し出した携帯の画面には確かに「お父さん」と表示されている。

しかし祖父の使っていた番号は祖父が亡くなったタイミングで解約しているため着信が入るはずがない。既に番号が次の契約者に割り当てられている可能性はあるが、母の携帯番号は知らないはずだ。

かけ直してみようか、と母が発信ボタンを押す。

親戚一同が固唾を呑んで見守る中、隣の仏間で昼寝をしていた従兄弟が突然ドタドタと居間に入ってきた。

片手にはなぜか祖父の位牌が握られており、青い顔をして皆の前に差し出した。

位牌は手の中で、ブーッブーッと低い音を立て小刻みに震えていたという。

母親が携帯の発信を切ると、まるで連動しているかのように位牌の震えはピタリと止んだ。

それ以降何度かけても「この番号は使われておりません」という機械音声を繰り返すだけで位牌が震えることもなかったという。

ぱん

春日線香

「うちの田舎の家には変なルールがあって」

駒田さんの実家は古くからの旧家で、周辺一帯を取り仕切る豪農であったのが、戦後は徐々に土地を売って家屋の維持に努めていた。

「今はもう家と蔵くらいしか残ってないんですけどね」

彼によると、年に一度か二度、たまたま一族の全員が家を出払ったタイミングを狙うかのように、居間に豪勢な料理が用意されていることがある。

「その時は全員で一旦外に出て、柏手《かしわで》を打ってから入ると全部消えてます」

駒田さんは現在、東京のマンションに一人暮らしである。

それにもかかわらず部屋にいると外から「ぱん」という柏手の音が聞こえる時があって、その際にはわざわざ部屋を出て自分で柏手を打ち直すのだという。

「都会にいても油断するなっていうか。でもそれで一度酷い目にあいましたよ」

当時付き合っていた女性が部屋に来た時、たまたま柏手が鳴るタイミングがあった。

彼女にはそのことについて話したことがなく、駒田さんもそれは一族限定のルールだからと、特に説明せずに自分だけ玄関を出て手を打って戻ったそうだ。

すると、部屋に残った彼女がぐるりと白目を剥《む》いて、口から髪の毛の束をでろりと吐き出した。

「いやもう、本当に申し訳なかった。それで結局別れてしまいました」

今は独り身で、そろそろ田舎に戻ることも考えているが、理由もなしになんとなく延ばし延ばしになっているのだ、と笑う。

「他には、駅の反対側のホームで男がこっちをじっと見ていた時があって、なんだろうと思ったら、線路を越えてその首がどんどん伸びて向かってくる。それが自分の目の前まで来た時に」

こうして潰してやりました、と駒田さんは「ぱん」と手を打ってみせた。

ホラ話

あんのくるみ

「マジギレしてる赤ちゃんって見たことあります？」

Y君は少し自慢げに、ある怪異を聞かせてくれた。

小三の時、ひどい中耳炎でしばらく近所の咽喉科に通っていた。

その日はやけに混んでいて、母親と並んで待合室のテレビを眺めていた。

向かい側のベンチには耳にガーゼを当てた制服姿の幼稚園児と、赤ん坊を抱えた若い母親が座っていた。

ちょうどテレビでは『生まれる前の記憶を持つ少年』という特集をやっていた。

退屈がそうさせたのだろうか、Y君は突然「オレも生まれる前の記憶あるぜ」と言った。

母親は呆れたように笑ったが、幼稚園児は前のめりになっている。

気を良くしたY君は、「スライムみたいな液体の中を泳いできた」とか「でかい鳥の翼の上から身籠る前の母親を見ていた」とかテキトーな作り話をした。

すると、眠っていた赤ん坊が目を開けた。何度か瞬きをした後、ギロッとY君を鋭く睨んだ。彼は思わず悲鳴を上げかけた。

それは赤い般若だった。眉間に深い皺《しわ》を浮かべ、まだ歯の生えていない口を横いっぱいにカッ開き、涎まみれの唇をピクピクと震わせていた。

そして、ゆっくりと首を横に振った。

「それ以上はやめておけ、って言われてる気がしました。怖いだけじゃなくて凄みのある動きだったんですよ」

Y君の異変に気づいた彼の母親が肩を小突く。

「あんた急に黙りこくってどうしたの」

ハッとして母親から視線を戻すと、赤ちゃんは穏やかな表情で寝息を立てていた。

「オレ、すげぇもん見ちゃったなって。あの赤い般若、何とかもう一回見たいんですね。さすがに人様の子には申し訳ないんで、自分の子どもができたら、またホラ話を聞かせようと思います」

彼は来年、父親になる。

ミケにおぶさる

鍋島子豚

同僚のMさんが五年ほど前に体験した話。

自室で本を読んでいると、廊下から愛猫ミケの鳴き声が聞こえた。

お腹が空いたのかと振り返ると、ミケがヨロヨロと近付いてくる。

その背中には、ミケよりも一回り大きい裸の赤ん坊がしがみついていた。血色の良いピンク色のムチムチとしたそれは、ミケの首筋に顔を埋めて蠢《うごめ》いている。ミケは背中を嫌そうに振り返りながら、弱々しい鳴き声をあげる。

驚いたMさんが立ち上がると、勢いで椅子が倒れ、部屋に大きな音が響いた。その途端、赤ん坊は元からいなかったかのようにパッと消えた。

ミケは安心した様子で、しがみつかれていた箇所を丹念に舐め始めた。Mさんは胸騒ぎがし、週末にミケを動物病院に連れていくことにする。

翌朝、ミケは玄関で冷たくなっていた。

「ストレスで心臓に負担がかかったのかも」という獣医の言葉が胸に刺さった。

「あの赤ん坊は何だったのか。どうすればミケを救うことができたのか」

酒の席で涙ながらに語るMさんは、それ以来猫を飼っていない。

もう少し詳しく

天神山

地元のバスロータリー前を歩いていると、建物と建物との間に立派な満月が見えた。

ところが、「きれい」と思った瞬間、満月はプツンと消えた。

驚いていると、ベンチでバスを待っていたらしいご婦人が声を掛けてくれた。

「驚くでしょう。それね、向こうから歩いて来て、ちょうどこの辺りに来たときだけ見えるのよ」

ご婦人は、「ちょうどこの辺り」を指さして微笑んだ。

もどき

クダマツヒロシ

大介さんが中学生の頃の話だ。

学校からの帰り道、道路脇に見慣れない地蔵尊が五体並んでいるのを見つけた。どうやら新しく設置されたような綺麗なもので、首に掛けられた赤い前掛けも新品に見える。

しかしなぜかどの地蔵も顔の部分が平らに削られ、鏡面のように磨き上げられていた。その断面に反射した赤い夕日が、強く大介さんの目を射している。

誘われるように近づき、しばらくその場にしゃがみ込んで観察していると、突然背後から「何してる！」と声をかけられた。振り返ると農具を持った作業着姿の祖父が険しい顔つきで立っている。

「いや、この地蔵さんが」と口にすると「あほか『もどき』や。触ったら死ぬぞ」と強引に腕を掴まれ引きはがされた。

立ち上がりながら振り返ると、そこにはどう見ても墓石にしか見えない古びた石が五つ並んでいたという。

次の日も同じ道を通ったが、いくら探してもそれらしきものは見当たらなかったそうだ。

鞍馬山

北城椿貴

鞍馬山は源義経ゆかりの山で、天狗伝承も残っているのだという。

山道を登りながら雅史さんは物思いにふけっていた。

なぜだか歩き慣れた土地を歩くようで、景色も何故か見慣れた感じがする。初めてという感じがしなかった。そして歩けども歩けども疲労感を覚えなかった。

――天狗にでも取り憑かれたかな。

歩き続けるうちに木の根道という難所に辿り着いた。この辺は土が硬い。地下に潜れない木の根が蛇のように地上を這っている。絵に描いたような難所である。難所の筈なのだが、難なく越えることができた。高揚感から自然と駆け足になる。

林を抜けた先にお社を見つけた途端、異常なまでの達成感が体中に漲《みなぎ》った――。

後日、雅史さんは霊能力者を生業とする方と話す機会があり、身辺を非常に心配されたという。

「鞍馬山で行き倒れた行者の霊が取り憑いています。生前の念願の場所に連れて行かされるんです。山に近づかない方がいい。次回は命を落とすような難所へ連れて行かされますよ」

――でも山に登りたいんですよ。また登りたいんです。登りたい。登りたい。

雨合羽

斉木 京

戸塚さんが小学生の頃、同級生にE君という男子がいた。
彼は雨の日に決して傘をささず、必ず雨合羽を着てくるのだそうだ。
何となく気になって戸塚さんがE君に、その事を尋ねたことがあった。
「腕が疲れるからだよ」
彼は不機嫌そうに短く答えただけだった。
ある日、午後から急に雨が降り出したことがあった。
放課後、天気予報を見なかったのか、E君がずぶ濡れで下校していた。
傘を持っていた戸塚さんが駆け寄って傘を差し向けると、彼はそれを払いのけた。
戸塚さんが吃驚してE君を見返すと、彼は泣きそうな顔をしている。
「傘をさすとあれが来るんだ」
E君の話では、傘をさすと知らない女が、すぐ横に立つという。
地味な柄のスカートから灰色の脚が伸びている。
しかし、顔を見ようと傘を傾けると姿が消える。
E君は、その女に心当たりは全くないという。

給食室の幽霊

藤野夏楓

埼玉県にお住まいのK島さんは、地元の小学校で給食を作るパートをしている。

その日も、ダムウェーターに三クラス分の給食を台車に乗せ押し込んだのだが、何かにつっかえて奥へ入らない。

力任せに押しても、何度も押し返される。見ると、頭を地べたにつけ、アルファベットのZ字の様に胴体を不自然に折り畳んだ女が蹲《うずくま》っていたので「そんな所にいたら邪魔だよ！　子供達がおなか空かせてるんだから！」と強めの口調で怒鳴り、台車を押し込んだ。すると、グニャンとグミのようなものを潰した感触が指先から腕に伝わってきた。

以来、女は現れなくなったが、代わりに錆びた鉄の臭いがダムウェーター内に充満するようになったという（現在は塗装してリフォーム工事済み）。

元

天堂朱雀

Mさんの家の三階東側の部屋。

そこはMさんの兄の部屋なのだが、そこで寝ると「黒い靄《もや》に襲われる」らしかった。

精神的なものだろうと家族は誰も信じなかったが、Mさんの兄が大学進学で家を出て、空いた部屋を両親が使い出すと、同様に「黒い靄に襲われる」と話すようになった。

気味悪がって部屋は使われなくなったが、ただ一人、Mさんだけはその被害に合わなかった。

「凄いですね、祓う力があるのかな」

ポロッとそう感想を漏らすと、霊感のある友人Eは蔑《さげす》むように苦笑して言った。

「そいつが〝元〟だろうが」

飼い猫

夕暮怪雨

絢子さんの家には飼い猫のミィがいた。彼女が生まれた時から飼われていた猫だ。
おっとりした雌猫で、家族皆、「ミィ！」と名前を呼んでは可愛がっていた。
けれど絢子さんだけは違った。ミィのことが苦手だった。理由は顔だ。
ある期間、ミィの顔が変わる。表情が変わるのではない、人の顔に変わるのだ。
知り合いでもない、見知らぬ顔。男や女、老人や子供、関係ない。
絢子さんはその姿を見る度、怯えて家族に伝えたが、誰も信じない。
数日経過するとミィの顔は元に戻る。理由は分からない。
ある日、ソファで寝ていると急に覗き込まれる気配を感じた。そこには、
眼前に祖父の顔が見える。「お爺ちゃん?」絢子さんは思わず声を出した。
祖父は体調を崩し、病院にいるはずだ。身体を起こし、祖父の顔を見る。
そこには祖父の顔をしたミィがジッと眺めていた。それからしばらく、
ミィの顔は祖父のままだった。祖父が亡くなると同時に、ミィの顔は戻った。
数年後、老衰のためミィは亡くなった。絢子さんは何処かホッとしたそうだ。
現在、新しい猫を迎え入れているが、あのような現象は起こらない。

手を上げて

雪鳴月彦

数年前の晩秋。深夜、布団に入って寝ていた晃司さんは、突然「ねぇ、手を上げて」という女性の声を聞いて目を覚ました。

晃司さんは、アパートで独り暮らし。同居人などいない。

——ああ、寝ぼけて幻聴でも聞いたか。

眠気でぼんやりとした頭でそんなことを思いながら、手を上げたら何かあるのかなと興味が湧き、布団から右腕を出して天井へと伸ばしてみた。

その瞬間、冷たい細い指が伸ばした手を掴み、上へと引っ張る感触がはっきりと伝わり、晃司さんは驚きながら慌てて腕を引っ込めた。

すぐに身体を起こし電気を点けたが、室内に人の姿は見当たらなかったという。

食い違い

クダマツヒロシ

高野さんは幼少の頃から、自宅で家族以外の誰かに名前を呼ばれることが多くあったという。

その声は決まって、父、母、姉の「家族のうちの誰か」の声色なのだが、声の元を辿るといつも誰もいない一階の和室に行き着く。

一人で留守番をしている時にも起こるため、そんな時は大音量で音楽をかけるかテレビをつけてやり過ごす。

この現象は高野さんが高校二年生の秋、父親が亡くなったことをきっかけに自宅を手放すまで続いた。

先日、姉に初めてその話をしたところ、姉にも同様の体験が頻繁にあったことが判明した。

「和室の仏壇からでしょ？　本当に気持ち悪かった」

姉が嬉しそうに、良かった私だけじゃなかった！　と、はしゃぎながら高野さんの手を握る。

高野さんの自宅に、仏壇があった記憶は一度もない。

振り返ってはならぬ

斉木 京

かつて時田さんが嫁いだ家には、少し変わった習慣があったという。
屋敷の奥の間に、毎朝膳を運び供えるというもの。
奥の座敷は開けずの間になっているので、襖の前に膳を置いて手を合わせる。
これが嫁である時田さんの役目だった。
何の意味があるかは知らされなかったが、ただ一つだけ強く言われた。
「膳を置いて、次の間を出る時までは振り返るな」
ある朝、時田さんは無性に背後が気になって、振り返ってしまったという。
薄暗い次の間に、たくさんの子供の哄笑が一斉に響いた。
時田さんは慌てて逃げ出したが、これを姑に見咎められた。
翌日からお役御免となり、奥の間に近寄ることもなくなったそうだ。
程なくして、時田さんは離婚して実家に戻ってしまった。

生き別れの岩

高倉 樹

じわじわと腹が痛くなってきた。

Tさんがその痛みに苦しんだのは、立山カルデラの見学ツアーの帰り道、谷底を走る電車でのことだった。

痛みはちょうど、ポケットに入れている小石のあたり。重いものに乗られ、それがどんどん重くなっているかのようだった。もちろん、小石にそれほどの重さはない。凹凸が豊かでいびつなだけの、ごく小さな石だった。小石はカルデラで拾った。「富山平野の巨岩は、ここから流されていったものだ」という解説に驚いた、その記念の品だった。

増していく腹の痛みが、とうとう耐え切れないほどになったとき、Tさんは電車を降りた。さまよい出たその駅前には、人間の倍ほどもある大岩が、どんとそびえていたという。

Tさんはぽかんと岩を見上げた。粘土をめちゃくちゃに捏《こ》ねて積んだような、凹凸の豊かな岩の様子は、Tさんが拾った小石のそれとよく似ていた。

見比べようとポケットに手を入れて、そこでようやく、Tさんは小石が無いことに気づいた。あれほど激しかった痛みもまた、同時になくなっていたという。

洗礼

青葉入鹿

T美さんは大学入学を機にその部屋に住み始めた。

別段変わりなく楽しく過ごしていたが、T美さんの部屋で女子会をしたときに、友人の一人がトイレから戻ると不意に言った。

「Tちゃん、この部屋、トイレに神様おるで」

そう言ったIさんは関西の生まれで、霊感が強いらしかった。他の子たちはキャーキャー騒いだりトイレを写メしたりしていたが、住民のT美さんは気が気ではない。

「神様いうたやろ。人間の霊やけど悪い気がせえへんから大丈夫や。それに女やし」

Iさんは、けらけらと笑って続ける。

T美さんは複雑な気分だったがその後、霊験は現れた。

トイレを使わせてウォシュレット誤作動の餌食になった男は、有名な女たらしだったし、使用中に照明が壊れた男は宗教の勧誘目的。

T美さんは神様に守られている心地でいた。

そんな神様の洗礼をクリアした男と付き合い、三年が経ち、結婚を意識したころ、男が小用のためトイレに行くと、突然ウォシュレットの洗礼を受けた。

T美さんは隠しごとがあるかと問い詰めると、男はポケットから〈和牛の共同所有者募集〉と書かれたチラシを出した。二人で貯めた結婚資金を増やそう思ったようだ。

T美さんはチラシを破り捨て、再度トイレを使わせたが、誤作動はしなかった。

この部屋は東京都新宿区新大久保駅付近に今もある。

祖母の葬儀

クダマツヒロシ

香菜さんの祖母の葬儀でのこと。

葬儀には祖母と不仲であった叔父も参列しており、叔父は会場で他の親族をつかまえては祖母に対しての恨みつらみを熱心に吹聴していた。

ビール片手に顔を赤らめながら悪態をつく叔父の姿は、当時まだ高校生だった香菜さんから見ても目に余った。周りにとがめられても気に留めず、好き勝手に振るまったあとは椅子に腰掛け居眠りを始める始末だった。

葬儀が始まり読経が響く中、なんとなく後方の叔父に目をやり息が詰まる。

叔父の背後に祖母が立っている。生前に見たことがないほどの笑みを浮かべて、叔父のこめかみに両手の親指をぐりぐりとねじ込んでいた。親指の根元までこめかみに埋まっているように見える。叔父はうつろな表情で頭を左右にぐらぐらと揺らしていた。

僧侶が退席する際、もう一度確認すると祖母はいなくなっていたが、叔父は椅子に座ったまま昏睡状態に陥っており、救急車で搬送される事態となった。そのまま意識を取り戻すこともなく、叔父はあっけなく息を引き取ったという。

脳の血管に負担がかかり、破けたことで起こる脳溢血が原因だったそうだ。

巣箱

沫

　美紀さんと言う女性がまだ小学校の頃の事。家の裏庭の木に、父が作った鳥の巣箱があった。美紀さんが小さかった時には何も入らなかったのだが、ある年の初夏、ぴぃぴぃと聞こえて来る声を頼りに裏庭へと向かえば、なんとその巣箱の中から雛の声がした。見れば少しだけ中で動く雛らしき姿もある。嬉しくなった美紀さんはすぐに家へと帰り、その事を家族に話した。

　一緒に見に来てくれたのは、二歳年上の兄と父の二人。ようやく来たなと笑顔で裏庭へと向かったのだが、その巣箱を見た途端二人の顔が強張る。

「美紀に見せるな」と父は言い、兄はすかさず美紀さんの目を隠し、強引に家へと引っ張って行った。理由が良く分からない美紀さんは兄の手を振り解くも、遠目に見たのはスコップで巣箱を叩き落とし、壊している父の姿だった。

　それから十数年が経った。ひょんな事からその巣箱の話題が持ち上がり、美紀さんは今ならとその当時の事を兄と父に聞いたのだと言う。

「巣箱の上に女の人の顔があって、それが鳴いてた」と兄。言うと今度は父が「違うぞ」と反論し、「巣箱の中に人の唇があった」と言う。結局真相は分からず終いなのである。

葬送の面

宿屋ヒルベルト

高坂さんが生まれ育った町の葬儀には、変わった作法があった。

遺体を棺に納める際に、木彫りのお面をかぶせるのだ。木彫りと言っても、目と口に見立ててそれらしい位置が浅く凹んでいるだけの素朴なものだ。

高坂さんが中学一年に上がった年の春。小さい頃からよく遊んでくれた、近所に住む従姉のおねえさんが亡くなった。詳細は聞かされなかったが、自殺だったらしい。

「もうお面を着けちゃうから、最後に美鈴ちゃんにご挨拶して」

母に促されて、葬儀屋の安置室に横たわる従姉にさよならを言った。もう彼女の素顔を見ることはない。一度着けたお面は絶対に外してはならないという決まりがあり、死者はお面を着けたまま火葬される。習わしは、当時の高坂さんも理解していたはずなのだが。

通夜振る舞いの晩。お手洗いに立った帰り、高坂さんはふと意味もなく、誰もいない式場に入った。白百合で飾られた棺に収まった従姉を見下ろす。不意に……

お面を剝ぎ取りたくなった。なぜか、口を裂けんばかりに開いて哄笑する従姉の顔が脳裏に浮かんで、お面の下の表情を確かめたくなったのだという。

高坂さんはお面に手を伸ばす。ドライアイスのひやりとする感触。そして、息を吞んだ。

そこに従姉の顔はなかった。仮面の下には、くり抜かれたように真っ黒な穴がぽっかり開いていた。

「戻しなさい」

背後からの声に振り向くと、伯母が——死んだ従姉の母親が立っていた。「戻しなさい」なんの感情もない冷たい声でもう一度言って、伯母は行ってしまった。

高坂さんはお面を遺体に着け直して、こわごわ親類たちのいる広間に戻った。伯母の姿はなかった。

「鈴子おばさんは?」

父に聞くと、遠方からの客を空港まで迎えに行ってまだ帰ってないと言う。高坂さんはいよいよ意味が分からなくなり、頭が痛いから休みたいと嘘をついて、母を引っ張って自宅に逃げ帰ったそうだ。

今は東京で一人暮らしをしている高坂さんは、お盆には実家に帰らないことにしているだという。実家の庭に、白い経帷子を着て顔が黒い穴になっている少女が立っているのを見てしまうからだそうだ。私がお面を取ったせいで美鈴ちゃん、成仏できなくなっちゃったのかな……高坂さんは苦しげに言った。

代替肉

多故くらら

Nさんは Y県の祖父の元で久しぶりに正月を過ごす事にした。帰る時に近所の道祖神に供える鏡餅を買ってきてくれ、と頼まれていたので百円ショップへ鏡餅を買いに行った。

念の為、一つでいいのか確認すると、「たまに餅が無くなるから二つにしてくれ」と言われ、Nさんは〈今どき餅なんか盗る奴いるのか?〉と思いつつも二つ買って行った。

祖父と正月の支度をし、道祖神へ行った。鳥居も祠もなく、道路の三角州に小玉スイカくらいの灰色の丸石があるだけだ。手を合わせ、餅を供えた。翌日も「餅がちゃんとあるか見て来い」と言われ、予備の一つを持って行くと――餅が無い。〈本当に無くなるんだな〉と思いながら新しい餅を置くと、石の裏から、黒い毛に覆われた獣の首がヒョコッと出てきた。犬とも熊ともつかぬ顔で、閉じた口の隙間から涎が光っている。しかし、一瞬で首は消えた。石の裏には何もいない。帰ってその事を祖父に話すと、「頭の上の重しが効かなくなってきたか」と暗い顔をした。暫くして、町村合併による道路整備で道祖神の三角州は潰され、石は近くの寺に移された。その後、この場所で人身事故が多発し、供養の花が絶えなくなった。また道祖神を祀るべきだと声か上がったが、Nさんの祖父は「今さら供え餅で騙せるか。また馴らすのに百年かかる」と吐き捨てるように言ったと言う。

田舎のチェンジリング

小泉怪奇

多賀さんは少年の頃、田畑が広がる田舎に住んでいた。

この地域には、関係者以外は立ち入り禁止とされた小高い山がある。

しかし、彼を含めた一部の悪ガキ達は大人の目を盗み、そこを遊び場として使っていた。

夏のある日、多賀さんは友達の雄太と健司の三人で、虫を捕りに山へと入ったのだ。

山道をガキ大将の雄太を先頭に歩いていると、突然その雄太が足を止めた。

どうしたのか伺うと、雄太は前方を指差し「あれ」と呟く。

そこには、にこやかな表情を浮かべた老婆が立ち、三人へ手招きをしていた。

その張り付いたような笑みに、気味の悪さを覚えた多賀さんは、二人へ帰ろうと促す。

ところが、負けん気の強い雄太は静止も聞かずに、「俺は行くぞ」と前へ進みだした。

すると老婆はニチャっと満面の笑みを浮かべ、それに恐怖した多賀さんは走って逃げた。

この時、健司も釣られて走り出した為、結果的に雄太だけが置き去りにされる。

後日、気まずさと不安な気持ちで登校すると、雄太の席に知らないヤツが座っていた。

アイツは誰だと思っていると、クラスメイト達はそいつの事を「雄太」と呼んでいる。

先に来ていた、健司が近づいてきて「あれ誰だよ……」とボソッと言った。

脳ではなく

卯ちり

海外在住の裕子さんが住む街で、死体遺棄事件が発生した。

山中へと向かう道路脇の雑木林で、中年男性の遺体が発見されたのだが、遺体は首と四肢が切断されており他殺の疑いがあったという。

遺体の発見後まもなく、裕子さんは友人から幽霊の目撃談を聞いた。薄ぼんやりとした光を帯びた男性が、道路脇に繁茂する木々の間に立っているのが車窓から見えたという。遺体が発見された現場付近だから、殺された男性の幽霊が無念を抱いて現れたのだろうと、友人は報告した。

「不思議だなぁって思ったんです。遺体のあった場所に出た、というのは納得できるんですけど、遺体の頭が発見されたのは数百メートル先で、友人が目撃したのは胴体が埋まっていた場所なんです」

以来、霊魂は心臓に宿る、というのが裕子さんの持論である。

父の背中

沫

私がまだ子供だった頃の話です――と、G県出身の静さんは語ってくれた。

ある日の事、普段は滅多に口を利かない父が、「遊びに行こう」と静さんの手を引いて山へと向かった。だが山を登るのは良いが目的が何か全く分からない。だが父は懸命に険しい斜面を登り、静さんがもう歩けないと言うと、背中に背負ってまで登るのだ。

やがて陽が沈み始めた。唐突に父が「この木に登れ」と、静さんを枝の上に腰掛けさせる。「そこでゆっくり百を数えろ」と言い残し、父は山を降り始めた。だがどこから現われたのか、すぐに母が静さんを下ろしてくれ、一緒に手を繋いで山を下る。見ればかなり遠くに父の背中。母は、「あの背中を追って行けば帰れるからね」と、静さんを励ました。

さて、もう間もなく山の麓という所まで来て、母が静さんの手を離す。そうして「頑張れ」と、背中を押したのだ。

そうして静さんは父より少しだけ遅れて家へと辿り着いたのだが、何故かそこから先の静さんの記憶が無い。気が付けばもう朝で、父が昨夜から行方不明だと家族中で大騒ぎをしていたのだ。

父は数日後に遺体で見付かった。山の奥の木の上で、密かに息を引き取っていたという。

ヤクジョウさん

クダマツヒロシ

佐野さんがその夢を見たのは三年程前になる。

夢の中で佐野さんは河原のような場所におり、流れのない穏やかな水面をぼんやりと眺めて座っている。

周囲にはなぜか沢山の親族が自身を囲むように立っているのだが、数年前に他界した祖母や写真でしか見たことのない曽祖父など、すでに鬼籍に入っている親族ばかりだったそうだ。

その全員が「ヤクジョウさんに頼んだが駄目だった」「ヤクジョウさんに断られてしまった」「ヤクジョウさんには従わないといけない」

口々にそんな話をしながら頭を下げ謝罪をしたという。

その日の朝のこと。

息子の名を呼ぶ奥さんの絶叫で目を覚ました。二人の寝室へ飛び込むと息子はベッドの中で冷たくなっており、すぐに救急車を呼び病院へ搬送されたがそのまま戻ることはなかった。三歳の誕生日を迎える前日のことだったそうだ。

あの日見た夢は何だったのか「ヤクジョウさん」とは誰のことを指しているのか。

息子を失った今となっては、どうでもいいという。

部屋にいるのは

猫科狸

　高良さんが高校一年生の頃、ふたつ上の兄が突然真夜中に叫び、魘《うな》されるようになった。毎日のように苦しそうに声をあげる兄を心配し、両親や高良さんも部屋へ兄を起こしにいくのだが、目覚めた兄は魘されていたことも覚えておらず、いつもキョトンとした顔をしていた。

　その日も兄の苦しそうな声が聞こえた為、高良さんが部屋のドアを開けると、そこに居たのは苦痛に満ちた声を上げながら、目を見開き、顔下半分が千切れた女性だった。高良さんが恐怖で叫びながらリビングへ駆け込むと、そこには怯えた高良さんを怪訝そうな顔で見る両親と兄の姿があった。

　その後、大学進学と共に兄が自宅を出るまでの間、高良さんは絶対に兄の部屋に入ることはなかったという。

無縁

墓場少年

Eさんの父は生前、終活に熱心だった。

その一環として、自身の墓も建立した。次男であった為、分家の初代として新しい墓に入ることにしたのだ。向きや形にもこだわり、墓相学に基づいた立派な墓が完成した。これで死後の心配とは無縁だと満足し、やがて父は安らかに亡くなった。

数年後、突然Eさんの夢枕に父が立った。

「墓を……墓を何とかしてくれ……」

悲し気な表情でそう訴える父の姿に、Eさんは首を傾げた。

父は希望通りの墓に入り、Eさんや親族も定期的に墓参りには行っている。一体、何が不満だというのだろう。その日を境に父は連日のように現れ、毎回同じ訴えを繰り返した。

仕方なく、Eさんは墓を調べることにした。実際に赴いてみたが、やはり素人目には問題があるように感じられない。墓で起こり得るトラブルについて住職に相談してみると、納骨室内の骨壺に水が溜まることがよくあると言われた。

Eさんは石材店に連絡し、重い香炉や石板をずらしてもらって納骨室内に入った。

父の骨壺の周りに、見知らぬ骨壺がびっしりと納められていた。

夜逃げ

かわしマン

落合さんが深夜、住宅街を自転車で走っていると、何かが猛スピードで地を這うように横切るのが前方に見えた。

それはコンクリートの壁にぶつかると、そのまま動かなくなった。

近寄って見てみると、そこには位牌が転がっていた。

落合さんは見てみぬふりをしてその場から立ち去った。

翌日、位牌が転がってきたと思われる場所にある住宅に、飲酒運転のトラックが突っ込む事故が起きたそうだ。

予兆

クダマツヒロシ

部活を終えて帰宅した彩さんが玄関のドアを開けると、何かが焦げたような酷い臭いが鼻をついた。

「何このニオイ……」

母を呼びながら廊下を抜ける。

リビングを覗くとキッチンコンロの前に立つ母の後ろ姿が見えた。その肩越しから黒い煙が嫌な臭いを放ちながら這い昇っている。

「いるなら返事してよ。てかさ、換気扇ぐらい回して！」

苛立ちながら背中に詰め寄り、換気扇のスイッチを押す。同時に母の手元が見える。

真っ黒に焦げた、ミニチュアの家のおもちゃ。

母はそれをトングで掴み、ぐるぐると回転させながら丹念にコンロで炙っている。

「……これ何？」

反応がない。

母はぼんやりとした表情のまま、なおもコンロの火の上でおもちゃを回転させている。

肩を揺すろうと手を伸ばした時、玄関から「ただいま」という聞き慣れた母の声がした。

咄嗟に振り返り、もう一度視線を戻すと目の前には誰もおらず、焦げついたような酷い臭いも一切が消えていたという。

彩さんの自宅が原因不明の火事で全焼するひと月前の出来事だそうだ。

裸地蔵

浦宮キヨ

珠絵さんは義母に命じられて、古着を売りに、隣町へ自転車を走らせていた。

途中の信号待ちで、脇道の地蔵に目が止まった。地蔵の体はつるりとして、妙に寒々しい。珠絵さんは荷台から義母の古着のカーディガンを引っ張り出すと、地蔵に着せてやった。昔話の笠地蔵を思い出して、何となくそうしたらしい。

その夜から、義母が体調を崩した。身体がだるく食欲もないと言う。医者にかかり、処方薬を飲んでも一向に良くならず、半月もする頃には、義母は土気色の顔をしてほぼ寝たきりとなり、苦しげに浅い呼吸を繰り返すばかりとなっていた。

珠絵さんはふと、あの地蔵のことを思い出した。見に行くと、地蔵は変わらずカーディガンを着ている。珠絵さんは直感的に、それを脱がして持ち帰った。

すると、翌日から義母はみるみる回復した。臥《ふ》せっている時はしおらしく珠絵さんに世話してもらった義母は、元気になると再びきつく当たってくるようになったという。

しかし、珠絵さんは少しも辛くはないそうだ。

「だって、またいつでもお地蔵さんを頼れると思ったら、毎日楽しくて仕方ないんですよ」

珠絵さんはそう言って、ころころと笑った。

律儀

かわしマン

「どうやら自分死んだみたいなんで、今日はお休みを頂きます。」

田北さんが電話に出ると、部下の山口さんが申し訳なさそうにそう言った。

何ふざけたことを言ってるんだ。そう言いかけた所で電話は一方的に切られた。

しかしよく考えてみれば山口さんは堅物で、つまらない冗談を言うタイプではないし、滅多な事では休暇は取らない真面目な勤務態度の男だ。

田北さんは胸騒ぎを覚え、急いで山口さんの住むマンションに向かった。

管理人に事情を話し、鍵を開けてもらい部屋の中に入る。

山口さんは吐瀉物まみれになった枕にうつ伏せで顔を埋《うず》め、息絶えていた。

その手には携帯電話が握られていた。

「やっぱり死んでるみたいなので今日もお休みを頂きます。」

山口さんからの欠勤の連絡は、火葬され納骨された日まで、毎日続いたという。

冷蔵庫の歌

宿屋ヒルベルト

「CDは冷やすと音質が良くなる」

往年の人気雑学番組でも「ガセ」だと取り上げられた、有名なヨタ話だ。

鳥越さんのお姉さんは、どういうわけかその噂を信奉していて、学生時代に姉弟で同居していたマンションの冷蔵庫は、スペースの半分近くを彼女のCDコレクションが占領していたという。そしてキンキンに冷えたディスクをコンポでかけては、鳥越さんに「どうよ？　音が全然違うでしょ？」と同意を求めてくるのだった。そんないい加減な音感でも、インディーズバンドでボーカルと作曲をやっていてそこそこ人気だったらしい。

思い込みの激しい人だったんです、と鳥越さんは言う。だから結局、ああいうことになったのだと。

ある冬の朝のそっと起きてきたお姉さんは出がけの鳥越さんに「××岳に登ってくる」と告げた。今日はそのまま近くに泊まるかもしれないとも。隣県にある中級者向けの山だ。

お姉さんは、音楽と同じくらい登山が好きだった。長く付き合っていたバンドのベースと大揉めの末に別れたのを知っていたので、気分転換の旅なのだろうと思ったそうだ。

言葉通り、その日お姉さんは帰ってこなかった。次の日も。

その晩のことだ。夜中にふと目覚めた鳥越さんは、台所から人の声らしき微かな音が聞こえてくるのに気付いた。起きて確かめに行くと、声は冷蔵庫から漏れているようだ。女性の歌声だ。

姉貴の奴、CDじゃ飽き足らず音楽プレイヤーまで冷やし始めたのか? 寝ぼけた頭でそう思い、鳥越さんは冷蔵庫の扉を開けた。

さよならバイバイざまあみろ——

大音量で歌声が響いて、そしてすぐ消えた。冷蔵庫の中には音が出るようなものは何も入っていなかった。それは間違いなくお姉さんの声で、彼女のバンドの曲だったという。

××岳でお姉さんの遺体が発見されたと連絡が入ったのは、翌日の夕方だった。話にならないような薄着と軽装で山に入り、雪の中で大量の酒を飲んで昏睡しそのまま凍死したのだという。あからさまな自殺だ。

あの歌声は、死にゆく姉の最後の挨拶だったんでしょうね……

そう話を締めくくった鳥越さんは、最後に付け加えた。

「でも冷蔵庫から聞こえた声、どのライブの時よりも高音が伸びて綺麗だったんですよ。人も冷やしたら音質が上がるんですかね?」

鳥葬

多故くらら

三十代のMさんは臨海地区のタワーマンションを買った。海に臨む眺めは素晴らしく日々の疲れが癒された。しかし、思わぬ敵が現れた。ベランダに早朝から何羽も鳩が侵入し白黒の湿った糞を撒き散らして行くのだ。仕事に追われ放置していると、ひと月もせずにベランダは糞の貝塚のようになった。鳩の習性について調べると、執着心が強い鳥で自分の糞や羽の一枚でも落ちていれば安心して住み着き、更に卵を産んだ場合は、鳥獣保護法により勝手に処分も出来ず、業者に駆除を頼めば数万円も掛かるらしい。Mさんは泣く泣くベランダの掃除を日課にした。ある休日、鳩の気配に飛び起きたMさんは糞の上に白い卵を二つ見つけた。恐れていた事態が始まったのだ。丁度その日、大学時代の恩師の退官パーティがあり、お義理で出席したMさんに、数年ぶりに再会した同期のTが声をかけてきた。鳩害に悩んでいる事を話すと、「お前には借りがあるから」とある方法を教えてくれた。それはTが大学を休学し南米のP国でバックパッカーをしていた頃、現地の呪術師から教わった鳥獣除けの口笛だった。どこか懐かしい鳥の囀《さえず》りの様なメロディだ。「最後に自分が一口吸った後の煙草の葉を散らせよ」そう言われたMさんは周りからの二次会の誘いも断り、帰宅すると早速やってみた。口笛を吹き、吸った煙草を揉んでベランダに撒く。——翌朝、ベランダに大きな鳥の羽ばたきと凄まじい動物の鳴き声が響いた。

どこから来たのか、ベランダで灰色のドブ鼠がカラスに突き喰われていた。血の匂いに呼ばれたのか、他のカラスも飛んできて、争う様に鳩の卵を咥えて飛び去った。最初のカラスも鼠を嘴に挟んで飛び立つと、後には何も残らず、自然の摂理で厄介な卵が消えた。

Mさんは口笛と煙草を続け、以来、鳩は全く寄り付かず喜んでいたが、異変が起きた。早朝のベランダの床で一羽のカラスが絶命していた。カラスの亡骸《なきがら》の処分に困り、管理人を呼ぶと嫌々持ち去ってくれたが、翌日、今度はトンビが死んでいた。管理人は『野鳥に毒餌でも撒いているのか？』と疑いの目でMさんを睨みつけ「階下の住人から騒音の苦情も来ている」と告げると骸をゴミ袋に入れて去った。口笛の事だろうと階下に謝罪に行くと、「口笛？　ただ、ベランダが揺れるほど暴れないでくれ」と沈んだ顔の中年男に言われ、奥のベランダに案内された。階上の我が家のベランダに何か重い生き物がドスッ、ドスッと着地する様な音がする。驚いて帰ると、崩れた肉饅に似た大きな鳥の糞が、ベランダに落ちていた。〈こんな糞をする鳥が近所にいるのか？〉Tに相談しようと先日の会で配られた名簿を探すと、挟まっていた別紙にMさんは驚愕した。『昨年から消息を絶ったT君の情報提供を皆様お願いします』——今も一切、ベランダに鳩は来ない。たまに蝉が迷い込むと、羽だけがいつの間にか窓ガラスに綺麗に貼り付けられているそうだ。

触らぬ神に祟りなし

つくね乱蔵

その日、中西さんは古い友人の川畑からストーカー被害の相談を受けていた。

毎朝、切手の無い手紙がポストに入っている。中には便箋が一枚。

川畑の前日の行動が詳細に記されている。何時に起きたか。起きて何をしたか。時には感想が添えられていることもある。昨日は飲みすぎです、洗濯物が干したままです、コンビニ弁当ばかりではいけません等々、二十四時間張り付いているかのようだ。

無記名の封筒だが、差出人の見当は付いている。癖の強い文字は、半年前に別れた由香里に間違いないという。

中西さんも知っている女だ。嫉妬心と独占欲の権化のような女である。

中西さんは、盗聴や盗撮を疑う川畑に適当な相槌を打ち、解決手段の話題は避けた。

川畑の背後にふわりと浮かんでいる由香里が、凄まじい顔で睨みつけてきたからだ。

空き巣犯

丸山政也

警察ＯＢの方から聞いた話。

三十年ほど前、中部地方のある市内で空き巣の常習犯が逮捕されたという。

厳しく取り調べていくと、過去に忍び入った家の供述も始めたが、聞き質《ただ》すうちにひとつ妙な点があった。

逮捕される少し前に未遂に終わった家があったが、庭に入ったとたんに大きな番犬に脚の脛《すね》を噛まれて、やむなく断念したとのことだった。

そういって露出した脚には、たしかに犬に噛まれたような痕跡が痛々しく残っていた。

その家は地域で有名な資産家の豪邸だった。

だが、件の家ではかつてゴールデンレトリバーを飼っていたことがあったそうだが、五年前に死んでおり、それ以来、犬は一匹も飼っていないとのことだった。

丑の刻参り

田辺青蛙

　都市ボーイズの早瀬康弘さんの家に、ＹｏｕＴｕｂｅの「最恐激コワちゃんねる」の撮影でお邪魔させて貰った時に、こんな話を聞いた。

　それは、とある神社のご神木には丑の刻参りの藁人形がよく打ち付けられることがあるということだった。その神社の宮司は、丑の刻参りで打ち付けられた古釘を抜いているのだが、抜いた後でカーン、カーンと釘を打つ音が体の内側から聞こえてくることがあり、もうあの音は聞きたくない……という。

　早瀬さんは、「その抜いた釘を持っていて女性は時々カーンカーンという音が聞こえることがあるそうですよ」と、ジッパー付きのビニル袋に入れて呪いに使った古釘を一本お土産としてくれた。

　私は喜んで受け取り、帰りの新幹線の中でしげしげと眺めながら車内で買ったビールを飲んでいると、前の座席に座っていた女性からカツカツ打ち付ける音が煩《うるさ》いんですが、なんとかしてくれませんか？　と言われた。

その女性は妊婦で、大きなおなかを抱えていて血の気がなく青白い顔をしていて、とても辛そうだった。

私はその妊婦に謝り、カツカツいう音の心当たりである釘をリュックに下げているお守りの中にしまった。そうすれば音が止まるかも知れないと思ってやったのだが、その後も新大阪に到着するまで、その妊婦の人に「カツカツ、コンコンうるさいんですが」と三回注意されてしまった。

勿論、私はそんな音を立てるような行動は一切していない。

昆布

我妻俊樹

美樹也さんが友人たちと肝試しに行き、病院の廃墟で動画を撮ったり花火をしたりしてさんざん騒いで帰ってくると、アパートの部屋がめちゃくちゃに荒らされていた。

空き巣に入られたと思って呆然としたが、泥と落葉をぶちまけたように汚れた床に落ちているものが目にとまる。

それは廃墟内で失くしたと思っていた美樹也さんのスマホで、まるで海中の昆布のようにぐにゃぐにゃに曲げられていた。

札

鈴木捧

一人暮らしをしていたカミヤさんのお父さんが亡くなったのでその家を片付けに行ったところ、押し入れの天袋の内側に大量のお札がべたべたと貼ってあってぞっとしたそうだ。お札は紙のものだけでなくいわゆる木札もあって、それらに関してはガムテープで無理矢理固定されていたらしい。そのほか、天袋の天井部分の板が外されていて一階と二階の間の屋根裏に繋がっていたようだが、その中までは確認しなかったとのことだ。

おもいだした

鷲羽大介

芳則さんが保育園のころ、ひとりだけいつも和服の友達がいて、とても仲良しだった。くりくりした坊主頭の男の子で、とても無口で何も言わない子だったが、芳則さんは彼のことが大好きで、絵本を読み聞かせてあげたり、一緒にでんぐり返りをしたりして遊び、お昼寝のときはいつも並んで寝ていた。

しかし、芳則さんが小学校に入ると、その子はいなくなった。同じ学校に入らなかった、というばかりではない。同じ保育園にいた子も、自分の親も、誰一人としてその子のことを知らなかったのである。芳則さん自身も、すぐにその子のことを忘れてしまった。


芳則さんはそのまま大人になり、結婚して、娘が生まれた。

奥さんによく似た可愛らしい子だが、二歳になってもまったく喋ろうとしない。心配になって検査をしても知能には問題なく、そのうちせきを切ったように喋り始めますから大丈夫ですよ、と言われるばかりだった。

「おもいだした？」

もうすぐ三歳になるというとき、娘は芳則さんの顔を見つめて言った。

娘の初めての発語だった。

その瞬間に、芳則さんはあの子のことを思い出した。

紺の着物に、白い水玉模様の着物でした。あの子の顔も、読み聞かせた絵本の内容まで、はっきり思い出しましたよ。

でも、あの子の名前だけはどうしても思い出せないんです。

娘ですか？　先月五歳になりましたが、三歳半ぐらいまではときどき私の顔を見て「おもいだした？」と言っていました。今はもうそんなことはありません。家でも幼稚園でもよく喋っていますし、あんなことを言っていたのも忘れてしまったようです。

芳則さんはそう言って、娘さんの写真を見せてくれた。

髪を両サイドで結んだ可愛らしい女の子が、ピンク色のマジカルステッキを握りしめて、会心の笑顔を浮かべている。

どこにでもいる、当たり前の子供だった。

合宿先で

黒 史郎

沢木くんは学生時代に柔道部だった。三人のこわい先輩がいて、彼らは指導と称し、顧問の目のないところで乱取り中に絞め技で後輩を「落とす」。それぞれお気に入りの後輩が一人ずついて、哀れな三人はその「指導」でよく落とされて失神していたが、おかげで他の部員は平和だった。

ところが、Fという部員が自主退学したことで、その平和に影がさす。先輩方のお気に入り枠に一人分の空きができてしまったのである。沢木さんたちは目をつけられないよう、極力目立った行動や発言はしないようにしていたという。

とある避暑地へ夏合宿に行った時だった。

件の先輩たちは消灯後、お気に入りの二人を連れて宿泊先を抜け出した。

そして明け方の四時ごろに戻ってくると、寝ている部員たちを全員叩き起こし、興奮状態でこんな話をしだした。

宿泊先の近くに練習に使っている体育館があった。その敷地内で飲酒と喫煙をしていると、辞めたFにそっくりな者が歩いているのを見た。

驚いて声をかけるとそれはF本人で、向こうは声をかけられたことが嬉しかったのか笑顔でいろいろと話しかけてくるのだが、いっていることが支離滅裂でまともな会話ができない。口臭がすごかった。さすがに気味が悪く思い、急いで帰ってきたのだという。

先輩たちはひどく酔っていたのだろうと誰もが聞いていて思ったが、連れていかれたお気に入りの二人に聞くと、Fがいたのは本当だと言った。

深夜の合宿先にFが現れるはずもなく、しばらく様々な憶測が飛んでいたが、真相はわからぬまま沢木さんは卒業した。

むかしのおうち

黒木あるじ

五歳のジュンくんは、昨年からお絵描きにハマっている。

「朝から晩まで画用紙にクレヨンを走らせています。おとなしくて助かるんですが……」

そこまで言うと、母親のヨウコさんは顔を曇らせた。

ジュンくんが描くのは、きまって古民家然とした〈むかしのおうち〉ばかり。どれだけ勧めても電車や飛行機、怪獣やアニメキャラクターなどは描こうとしない。

「あの子が描く古めかしい屋敷、主人の実家にそっくりなんですよ。一度も連れていったことはないんですけどね……しかも」

最近、絵が変化してきたのだという。

以前は丁寧に塗っていた赤のトタン屋根や白い壁が画用紙から消え、代わりに黒ずんだ柱と茶色い瓦礫を描くようになった。ときおり登場していた義母らしき女性もいなくなり、いまは〈大きな炭のかたまり〉が焦げた床に転がされている。

息子の心理状態を懸念したヨウコさんは、一度「ママさ、たまにはかわいい絵も描いてほしいんだけどな」と、やんわりジュンくんに懇願したことがある。

けれども我が子は母を一瞥するなり、

「あとすこしでぜんぶ終わるから待っててね」

低い声で告げた。

ぜんぶ終わる——とは、どういう意味なのか。

「怖くて、それ以上は聞けませんでした」

いまも、ジュンくんは毎日〈むかしのおうち〉を描き続けている。

最近の絵は、もはや家屋の形を成していないそうだ。

誰

つくね乱蔵

仲田さんの家は商店街の一角にある。経営難と後継者不足により、殆どの店がシャッターを閉めたままだ。

仲田さん自身も金物屋を営んでいたが、似たような理由で二年前に店を畳んだ。

自宅の右隣に花屋があった。それほど繁盛していた店ではない。

つい最近、店主の須藤さんは借金返済に追われた挙句、首を吊って命を絶った。

母子家庭であったため、四十歳になる息子の仁志が遺された。

仁志は、十八歳の頃からずっと引きこもっており、町内でも見かけたことがない。

借金返済に追われた店だ。当然、蓄えもあるわけが無い。

今後、仁志がどうやって暮らしていくのか、誰もが心配していた。

様子がおかしいことに気づいたのは仲田さんだ。

かれこれ二週間以上、仁志は外に出ていない。最後に見たのは母親の葬儀の時だ。

食材の買い置きがあるのだろうと、自分を納得させてみたが、一ヶ月を過ぎた頃から、本気で不安になってきた。

仲田さんは、思い切って隣家を訪ねてみた。シャッターを叩き、反応を待つ。

「誰?」

返事があった。とりあえず無事なようだ。

「仁志くん、隣の仲田だけど。大丈夫? ちゃんと食べてる?」

「大丈夫」

それ以降、何を問いかけても答は返ってこなかった。

仲田さんは諦めて、その場を離れた。

その日から十日後、男が二人やって来た。乗ってきた車には、とある不動産会社の名前が記されている。

中に入った男達は真っ青な顔で飛び出してきた。布団の上で腐乱死体を発見したという。

遺族の話によると、仁志は母親の葬儀のすぐ後に自殺していたらしい。

瑕疵物件となった家は、なかなか買い手がつかなかった。

今でも当時のまま、シャッターが降りている。

つい先日、仲田さんは自分でも分からない衝動にかられ、シャッターを軽くノックしてみた。

「誰?」

あの日と同じ声が返ってきた。

ニュース番組

丸山政也

R子さんの話。

十五年ほど前のこと。

R子さんがパート仕事から帰ってくると、家にいた義母が眼をまるくしながら、

「さっきテレビでニュースを観ていたんだけどね、駅前の飲食店で殺人事件があったみたいだよ」

少し興奮した面持ちでそういった。

店の名前を尋ねると、以前夫と行ったことのある場所だったので、R子さんはびっくりしてしまった。

それが妙なのよ、と義母。

「経営しているご主人が殺されちゃったんだけど、その亡くなったひとの姿がニュースの映像に流れていたのよ。こういう姿勢で横に倒れていてね、左の胸から真っ赤な血を流しながら――」

そういって、義母は被害者の姿を真似してみせた。

そんな馬鹿なこと、あるはずがない。

義母が観ていたのは地元テレビ局のニュース番組だったようだが、被害者の名前と顔写真くらいは出ても、昔ならいざ知らず、この時代に無残に殺されたひとの姿をあからさまにテレビに映すわけがなかった。

義母も七十をいくつか越えていたので、なにか見間違えでもしたか、あるいはニュースを見た前後にそんな場面のあるドラマでも観ていて、記憶が一緒になり錯誤しているのではないか、とR子さんは思った。

だが、新聞でテレビの番組表を調べても、ニュースの前後や裏番組はバラエティや教養番組ばかりで、ドラマはどの局も放送していなかった。

その日の夜、友人と電話で話しているとき、自然と例の事件のことに話が移った。するとと、友人もやはり同じニュース番組で事件を知ったというのだった。だが、義母がいうような映像は一切見ていないと友人は断言した。

もっとも当たり前な話である。

ところが、それから数ヶ月ほど経った頃、R子さんは殺された経営者の親族と仕事の関係で知り合う機会をもった。

そのひとの話によると、亡くなった店主の倒れ方と刃物で刺された箇所は義母のいっていたのと寸分違わず同じであったそうである。

先生あのね

田辺青蛙

先生あのねで始まる、子供と先生が対等に打ち解けて話し合えるようにという目的で使われていた「あのね帳」というノートを使った学習を行っていた学校があった。

その「あのね帳」を使っていたという、かつて先生だった人からこんな話を聞いた。

「先生あのね、明日、死んじゃうから、気をつけてください」

集めたあのね帳の一冊に、こんなことが書かれていたという。

表紙を見ても名前は書かれていなかったので、誰か生徒が自分を怖がらせようと思っての悪趣味ないたずらだなとその時は思ったのだそうだ。

だが、翌日、同じ学校で教師の飛び降り自殺があった。

遺書もなく、理由も分からず、事故ではないかという声もあったが、夜間その現場を目撃した通行人の証言によると「もう死んでやるから！」と叫び声を上げていたらしい。

もしかして、あの「あのねノート」を出した子は何か知っているのかも知れないと思い、警察にノートのことを伝え、聞き取りもあったが、結局死因との関連は不明で、あのねノートを書いた人も提出した人も分からなかった。

それから十数年後、その人は別の学校で六年生を担当していた。

もうその頃は「あのね帳」なんて誰も使っていなかった筈なのに、家に帰って鞄を開けると「あのね帳」が入っていた。

開くと歪《いびつ》なえんぴつの文字で「先生あのね、先生は、とっても苦しんでだれもいないところで、さびしくしにます」と書かれていた。

中学受験を控えている子もいるし、ストレスを感じた子による性質《たち》の悪い悪戯だろうと思い、ページを破って捨てたそうだ。

でも、ふっとした時に、もしかしてあれは予言だったのでは、だとしたら自分は……とたまらなく不安になることがあるそうで、それだけでなく、そのかつて先生だった人は夢で、廃墟のような場所で何度も何度も「苦しい」と言いながら、のたうち回る自分の姿を見ると言っていた。

泥だんご

鷲羽大介

奈津美さんが五歳の頃、公園で遊んでいると、知らない男の子が固い泥だんごをぶつけてきて、笑いながらどこかへ走り去っていった。

幼い奈津美さんは、泣きながらお父さんのもとへ駆け寄り、これをぶつけられたんだよ、と言って泥だんごを渡した。お父さんは怒りの表情を浮かべて、そいつを思い切り地面に叩きつける。

ぐしゃっ、と音を立てて潰れた泥だんごの中から、小石とは違う白くて小さなものがいくつか飛び出した。

根元から剥がしたような形の、子供の爪が八枚入っていた。

死ねる

鈴木 捧

ナオコさんは友達と肝試しに行ったときに嫌なものを見つけてしまった。

住んでいる街の雑居ビルで、複数回の飛び降り自殺があったという曰く付きの場所だったらしい。

飛び降りがあったのは建物の脇につけられた非常階段の最上階のところだ。入れなくなっているのかと思ったが、門のようにかかった鎖を跨いで越えると容易に侵入できた。

夜遅くで周囲に人の姿はないとはいえ、金属製の階段が増幅させる足音が気になる。なるだけ静かに、慎重に上っていき、ようやく最上階に辿り着いた。まばらな明かりの夜景は意外にも美しかった。

錆びた手すりに掴まって少し身を乗り出したとき、手の内側の感触に気がついた。錆びだけでは説明できないようなささくれを手のひらに感じた。

手を放して携帯のライトを当てると、手すりに何かが刻まれているのが見える。文字のようだが、読み取れない。しばらく眺めていて、上下逆さの文字なのだと気づいた。それを意識してしまうと、書いてある文字列がすぐに読み取れた。

「必ず死ねる場所」。

削除

我妻俊樹

近所に数年前から空き家になっている家があった。

掲げられたままの表札はIさんと同じ名字だがべつに親戚ではない。

Iさん一家が引っ越してきたのとほぼ同時期に空き家になったので、元住人と面識はないが、近所の人たちの話では家族構成もIさんたちと同じ、夫婦と幼い兄妹の四人家族だったらしい。

かわいい盛りの子供たち二人を事故と病気で相次いで亡くし、悲嘆に暮れた夫妻はおそらく離婚してその家を引き払ったのだろうと近所の人たちは語っていた。

Iさんの奥さんは霊感のある人で、空き家の前を通るたび子供たちの笑い声を聞いた。おそらく亡くなった兄妹の声なのだろうと思った。どうすることもできないので、心の中で手を合わせ冥福を祈っていたが、ある日彼女のスマホに撮った覚えのないその空き家の写真が保存されているのに気づく。

驚いてすぐに削除したが、数日後にはまたスマホに空き家の写真がみつかり、しかも削除したのとはあきらかに別アングルの写真。撮影データを見ると当日の朝になっている。

奥さんはその時間自宅にいたし、夫は仕事で子供たちはそれぞれ幼稚園と小学校にいる時間で、家族の誰かが持ち出して撮った可能性もない。

ふたたび写真を削除したのち、奥さんは空き家の前に行って「いたずらするのはやめてね」と念じながら、今度は本当に空き家にスマホを向けてシャッターを切った。

その瞬間、いつもよりひときわ大きな子供たちの笑い声が聞こえて意識が遠くなり、気がつくと手ぶらで空き家の前にしゃがみこんでいた。

スマホはどこにも見当たらず、それきり見つからずじまいで買い換えることになったそうだ。

「あの家の子供たちに取られちゃったんだと思う」

奥さんは諦め顔で語ったという話である。

当事者の意見

黒木あるじ

時期と場所は伏すが、都内の怪談イベントに出演したことがある。名うての怪談師から芸人まで、複数の精鋭が共演するライブになりゆきで登壇する羽目になったのだ。はじめこそ慣れない舞台に緊張していたものの、それでも語っているうちにだんだんと緊張がほぐれ、しだいに客席を見わたす余裕も出てきた。

そこではじめて、最前列の空席に気がついた。

周囲はみな埋まっているのに、中央の椅子だけがぽっかり空いている。「急用でやむなく欠席した観客がいるのかな」と気になったものの、本番中であるから延々と悩むわけにもいかない。どうにかこうにか出番を終え、そそくさと舞台袖に戻った。

終幕後に楽屋で衣装をたたんでいると、共演した怪談師のA氏が「それにしても最前のまんなかにおった青いセーターの女、変な客やったな」と口を開いた。

「こっちが喋るたび〝ちがう、ちがう〟みたいな感じで、首をブンブン横に振っとんねん。なんだか〝お前の怪談はウソっぱちや〟と言われてるみたいで気分悪かったわ」

憤るA氏へ、芸人のB氏が「常連ですよ。前もこの会場《ハコ》で見ましたもん」と追従する。

いっぽう、ほかの出演者二、三名はまるで話題を避けるように帰り支度を急いでいた。

もしや——と思い、話の輪に混ざろうとしないひとりへ「あの席、無人でしたよね」と、こっそり囁く。彼は周囲を窺ってからちいさく頷き、

「見える人と見えない人がいるみたいです。しかも、見える人には共通点があって……」

そこで主催者が楽屋へ挨拶に訪れたため、会話はうやむやになってしまった。

今年に入って、再び怪談イベントの誘いを受けた。場所はあのときの会場である。

行こうか行くまいか、いまも返事を出しかねている。

中州の人形

つくね乱蔵

半年前のこと。須山さんは健康維持の為、片道三十分の自転車通勤を始めた。

途中、大きな川がある。長い橋を越える途中、いつも何となく視線が惹きつけられる場所があった。

川の中央部にある中州だ。雑草が生い茂り、ちょっとした公園程度の大きさがある。

ある朝、須山さんは妙なことに気づいた。降り続いていた雨で川が増水し、中州には即席の池が産まれていた。

その池に、裸の人形が浮いているのだ。体長三十センチぐらい。人形にしては、かなり大きい。

うつ伏せになっているため、顔は分からない。気にはなるが、わざわざ自転車を止めてまで見る必要はない。

須山さんは記憶にも残さずに通り過ぎた。

それから三週間後、また長雨が続いた。川は増水し中州には池が出現している。

不思議にも、以前と同じ場所に人形が浮いていた。大きさも見た目も同じだ。

それからは、中州に池が出来る度に人形を見かけるようになった。

やがて、須山さんはどうにも我慢できなくなってきた。あれがどんな人形なのか、手に取って調べたい。自分でもおかしくなるぐらい、その欲求が強くなってきた。

中州まで渡り、実際に調べようと決めるのに二ヶ月掛かった。例によって長雨の後だ。

釣り用の長靴を購入し、水量が減る頃を見計らったおかげで、苦労することなく渡れた。

泥と草を踏みしめながら、中州を進んでいく。橋を見上げ、自分の位置を修正しながら歩くと、それらしき窪地に辿り着いた。

辺りを見渡すと——あった。裸の人形だ。いや、本当に人形か。上からだと分からなかったが、質感が違う。

近づくにつれ、疑惑は確信に変わっていった。人形ではない。あれは本物の赤ん坊だ。

恐る恐る足先で触れてみる。長靴の上からだが、柔らかさが分かった。

ひっくり返してみようとした瞬間、赤ん坊がじたばたと動いた。

須山さんは悲鳴をあげるのも忘れ、必死で逃げた。

今でも中州に池ができると、必ず人形が浮かんでいる。真実はどうあれ、須山さんは人形だと思うことにしている。

菊の花

丸山政也

Kさんの話。

今から三十年ほど前、Kさんが三歳か四歳頃のことだという。

伯父の葬儀の帰り道、大きな公園の横を通ると菊の花の展示会が開かれていた。

葬式帰りだというのに、父がふらふらとなかに入っていくので、Kさんも腕を引かれながらついていった。

大小色とりどりの菊の花がところ狭しと飾られ、強い芳香が鼻を打つ。

すると、ひと際大きな菊の前に幾人かのひとが集まっている。父もそちらのほうに行くのでついていくと、

「立派なもんだねえ」

「手間暇かけないと、なかなかこうはならないよ」

などといいながら、人々は感心している様子だった。

父もその菊を見て、

「ほう、これは見事なもんだな」

とそういうので、Kさんが見上げたとたん、思わず愕《おどろ》いて父の背中に飛びついていた。

太い茎の先端にあるもの——それは菊の花ではなかった。

死んだ伯父の首。

青白いそれは、生きていた頃の顔色とはまったく異なっているが、一緒によく遊んでくれた伯父そのひとに間違いなかった。

なぜこれを見て立派だとか見事などといっているのか、Kさんにはとても理解ができなかった。

「自分のなかの一番古い記憶といってもいいくらいの昔の思い出で、その後どうしたのかとか、どうやって帰ったのかとか、その辺のことはまったく思い出せませんが、あの場面だけは、はっきりと脳裏に焼き付いているんですよね」

伯父の顔は、幼心にもとても安らかそうには見えなかったという。

視えない子が遊んでる

田辺青蛙

　廃校になったN高校の体育館では、誰もいないのにボールだけが勝手に弾んでいることがある。不思議だなと思って駆け寄ろうとすると、どこからか見えないボールが飛んできて当たる。昔からよくそういうことがこの学校にはあって、座敷童の仕業だとか、見えない子が学校に遊びに来てるって言っていたそうだ。

　そんなN高校の体育館は、夏場のみ、町のイベント会場や寄り合いの場として開放されている。その時、霊感があるというKさんは見てしまったそうだ。

「あれ、ボールじゃないですよ。飛び回ってる生首だったんですよ……みんな、当たるたびに、座敷わらしさんがまた悪戯してねえ……なんて笑ってたけれど、歯が血塗《ちまみ》れの笑った生首で、途方もなく生々しい何か悪いものですよ。

　多分僕の予想なんですけどね、中に入り込める体を探すために、やって来た人にぶつかってるんだと思うんです。見えない無邪気な子だ～なんてみんな喜んでるけど、本当のこと伝えた方がいいですかね」

　そう言ったKさんの顔は青白く、額や首筋からは玉のような汗が幾つも浮かんでいた。

銃声

黒　史郎

約一年ぶりに大津さんが実家へ帰った日の夜、大勢の親戚が集まった。

酒に強い叔父がようやくダウンして賑やかな宴も終わりに近づいてきた頃。母親が肩をちょんちょんとつついてきて「猫が何匹か入りこんどるわ」というので「ええ?」と一緒に見に行った。確かに台所の中で何匹か鳴いている声はするが、どこにいるのかわからない。

「でもこれ、猫っていうより子どもの声でない?」と自分でいってゾッとなった時、台所の窓の磨り硝子に家の中を覗き込む男女の姿があるのに気づいた。

「そこだれかおるやん!」と大津さんが叫ぶと、止める間もなく母親が勝手口を開けて、「なに? なんなん?」と外にいる者に問いかけた。

覗き込んでいたのは近所に住む若い新婚夫婦だった。

近くを通っていたら銃声のような音が何度もし、そのあと大勢の泣き叫ぶ声が聞こえてきたので心配して様子を見にきたのだという。

台所の声はもう聞こえなくなっていた。

鹿

鈴木　捧

ヒロナリさんは夜道で鹿を撥《は》ねてしまったことがある。

山中の集落を縫うように通っている狭い道で、明かりもない。その中を軽トラックで走っているときだったそうだ。ずっと他の車を見かけなかったのもあって、スピードもそれなりに出ていたという。道の左手の山の斜面から急に鹿が飛び出してきて、あっと思う間もなく撥ねてしまった。鹿は車の正面に当たったかと思うと車体の下部に引き込まれるように見えなくなり、直後にごりごりという嫌な音と感触を感じた。

ブレーキをかけて間もなく車は止まったが、初めてのことで半ばパニックになってしまった。

放置して走り去るわけにはいかないよな。役所に電話とかするのかな。でもこの時間じゃ役所なんてやってないだろ。いやその前にまず外に出て状況を確認しないと。でも見たくないな。

混乱して思考がまとまらない。そうして一分ほど経ち、ふいに車体の下から音がした。ごん、ごん、と車を叩かれているような音だった。

驚きのあまり、喉の奥から、ひゃあああっ、という細い悲鳴が漏れた。

音は何度か続いて、それからライトで照らされていた車の前方に何かが現れた。

血で染まった胴体と首、頭。捩れた手足が体に巻き付くような形になっている。ぐちゃぐちゃの鹿だった。

それがずるずると動きながら車の正面で止まり、アスファルトに横たわったままの頭がこちらを向く。目が合った。そうやって鹿は何秒間か静止していたかと思うと、弱って丸まっている蜘蛛のような姿勢のまま、またゆっくりと動き始めた。びたびたと奇妙な音を鳴らしながら、あらぬ方向を向いた手足をくねらせるように移動する。そうしてそのまま、道の脇の雑木林の中に消えた。

見たものにまるで現実感がない。あれは本当に鹿だったのか？　ヒロナリさんは覚束ない気持ちのまま何とか車を家まで運転し、帰宅した。どっとした疲れがあって、その日はすぐ眠ってしまった。

昨晩のことは夢だったような気もしたが、外に出て車を確認すると、車体のバンパーがへこんでいて赤いスプレーを吹き付けたように血液が付着していたそうだ。

当たりが出たら

鷲羽大介

お風呂上がりに、冷凍庫から棒付きの小豆アイスを取り出して食べようとしたら、かちかちに凍っていたはずのアイスが、口に入れる寸前にどろりと溶けて床に落ちた。溶けた液体をティッシュで拭き取ろうとする、火傷しそうに熱い。残った棒を見ると、当たり外れの印がついているはずの辺りが、真っ黒に焦げていた。

乗り上げ

黒　史郎

日曜の朝。ファミレスの駐車場に車を入れている時、がくんと大きく揺れて後輪が何かに乗り上げた感覚があった。

先に降りた友だち二人に後ろを確認してもらおうとしたら、「前に出せ、前に出せ」と大きな身振りをしている。「ヤバそうな様子」なので慌てて前に出して車を降りた。

まずいものにでも乗り上げたのかと思ったが見たところ何もない。だが二人とも真顔で「寝ていた人を轢いた」というので車の下も見たが、人も人と見間違えるようなものも見当たらなかった。

絶対に人が寝ていたと譲らない二人の真剣な訴えに困惑していると、なぜか急にカラスがたくさん周りに集まりだした。

まるでそこに、見えない人の死体があるような異様な空気だったという。

代わりにしてくる

我妻俊樹

ライターの美喜さんは取材したメモや音声ファイルの整理に手間取り、なかなか原稿が進まずにいた。

本来の締め切りは過ぎて、「この日の朝までには絶対にお願いします」と編集者に釘を刺されたその朝が数時間後に迫っている。

十杯目くらいのコーヒーはもう効いてるのかよくわからないが、確実に吐き気はしていたという。

ようやく調子が出てきて、ＰＣのキーを打つ手が止まらなくなった頃に美喜さんは尿意を覚えた。飲み続けたコーヒーで膀胱がパンパンのようだ。だがせっかく頭の中でまとまりかけた文章をリリースする前にキーボードの前を離れたくない。そう思って打ち続けているうちに、ふと下腹部が軽くなった。尿意が消えていたのだ。

あ、と思わず声を出して立ち上がる。書くことに夢中になるあまり、無意識に失禁してしまったと思ったそうだ。

だが部屋着のボトムも下着も濡れてはいない。にもかかわらず、尿意は完全に消失している。変だなと思っていると、トイレの水の流れる音が聞こえた。

びっくりして部屋のドアを開けると、ちょうどトイレから出てきた人影と鉢合わせた。

それは美喜さん自身だった。


気がつくと昼で、美喜さんは玄関マットに縋りつくように倒れていた。

いまや分身を見た恐怖よりも「原稿落とした！」と青くなってPCの前に引き返し、スリープしているPCを復帰させた。すると開きっぱなしになっている原稿はなぜか最後まで書かれていて、しかも送信済み。担当からの返信まで届いていた。

二十年になるライター生活で、そんな経験はこの一度きりだそうだ。

A子さんの証言　（二〇二三年十月某日）

黒木あるじ

ウチの実家にお婆さんが出るんですよ。ええ、もちろん生きてない人です。ほどけた白髪と和装は共通してますけど、出る場所や時刻はまちまちですね。お便所へ続く廊下にぼおっと立っていたり、庭の木陰からこっちを睨んでいたり。あたし、ずっと「ご先祖さまなんだろうな」と思っていたんです。だってそのお婆さんの遺影、仏間に飾られているんですから。曾祖父や曾祖母、さらに古い先祖の白黒写真に混ざって、ちゃんと額装されているんですから。

それで、今秋の話なんですけど。

三年ぶりの法事で、親戚が我が家に集まったんですね。ほら、去年までは新型コロナで無理だったでしょ。久しぶりだから、けっこうな人数が来たんですよ。

そのときあたし「いい機会だから、あの人が何者か確認しよう」と思って、親戚一同に遺影の老婆の正体を訊ねたんです。そしたら――。

全員が「知らない」って言うんですよ。

一族の人間でないのは確かだけど、いったい何者なのかも、いつから遺影が掛けられていたのかも不明らしいんですよ。

そんなことってありますか。それじゃ、あのお婆さんは誰なんですか。どうして遺影があるんですか。なんであの人、私の家にあらわれるんですか。

いまだに、ひとつもわからないままです。

A子さんの証言　（二〇二三年十二月某日）

黒木あるじ

あ、すいません。いきなり電話してしまって。

実は――あのお婆さんがあらわれたんです。はい、はい。ついさっきの出来事です。

いいえ、実家で見たわけじゃないんです。あたし、いまマンションにいるんですけど。リビングのコタツにノートパソコンを置いて、リモートワークしていたんです。

そしたらノーパソの天板が、ぎっ、ぎっ、って閉じて。反対側から押されているような感じで、ゆっくり閉まっていくんですね。

「え」と驚いたんで、腰を浮かせてコタツの向こう側を覗いたら――。

正座したお婆さんが天板にほっぺを密着させて、こっちを見あげているんです。

あ、いまはもう大丈夫です。反射的にスマホを掴んで部屋を飛びだして、コンビニから電話しているんで、はい。

もしかして、他人に話したのを怒ってるんですかね。

いや、あたしは慣れてるからまだ良いんですけれど、話を聞いた人が変な目に遭ったりしませんよね。読んだ人のところに出たりしませんよね。大丈夫――ですよね。

聞く耳持たず

つくね乱蔵

菅原さんは、ほとほと困っていた。奥さんが、口うるさく息子を注意するからだ。

学校に遅刻するから早く起きなさい、いつまでテレビ見てるの、ゲームは一時間と決めたでしょ。

いい加減にしろと怒鳴りつけても、全く無視する。まるで、奥さんには菅原さんが見えていないかのようだ。

ちなみに、奥さんが息子と共に事故死して半年になる。

穴釣り

丸山政也

七十代の男性Mさんの話。

Mさんは若かった頃、冬場になると、氷の張ったある決まった湖で、穴釣りをするのが好きだったそうだ。主な獲物はワカサギである。

自分で氷に穴を開けて、釣り針に生き餌を取り付け、糸を垂らす。そして当たりがくる、その瞬間がなんとも堪らなかったとのこと。毎回釣果もよく、ワカサギの大きさも他の湖のものと比べると大きめだった。


四十年ほど前の、冬のある日のことだった。

その年初めての穴釣りだったため、胸を躍らせながら湖に向かった。

長年の勘ですぐに場所を決めてアイスドリルで穴を開けていく。竿を出して生き餌を取り付け、さて糸を垂らそうとした瞬間。

穴の下——水面にひとの顔らしきものが見える。

思わぬことに一瞬たじろいたが、気のせいかと恐る恐る覗いてみると、性別はわからないがたしかに人間の青白い顔、それも右か左か、眼元の部分であるらしかった。

すわ土左衛門かと凝視すると、小さな黒眼が収縮しながらぐるぐると、金魚の腹のような白眼の縁を辿るように動いている。

すぐに警察に知らせたが、その後、いくら調べても水死体のようなものは出てこず、きっと見間違えたのだろうと結論された。

どうにも納得がいかなかったが、その出来事は一度だけでは終わらなかった。

それから数年のうちに三度、同様のことが起きたのである。

そして三度とも、それを見た翌日に近しい友人の死の知らせがもたらされたので、なんだか気味が悪くなってしまった。

結局、あれだけ好きだった穴釣りへの熱が一気に冷めてしまい、次第に足が遠のいてしまったそうだ。

「この歳になれば、そりゃぽっくり死んじまうひとも多いがね。でも、あの当時はまだ三十代だもの。大事な友だちが若くして三人も死んじゃってよ――」

自分があんなものを見たせいで亡くなってしまったのではないか――長くそんな気持ちにとらわれているそうである。

身代わり？

鈴木 捧

サチさんが夫と二人で、ある渓谷を観光で訪れたときの話だ。

六月の梅雨の晴れ間で、すでに気候は夏を感じさせるものになりつつあったが、川沿いの渓谷道は涼しかった。森の中を歩き、幾つかの滝を間近に見て、気持ちの良いハイキングを終えた。

午後三時ごろ、駐車場の車のもとに帰ってきた。停められた車の並びの中にサチさんたちの車が見えてくる。ある程度近付いたところで夫が、ん？ と言った。少し早足になって車に近づいていく。車のボンネットを見て、なんだこいつ、と言う。

サチさんもその隣まで歩いていって車を見る。えー、何この子、と思わず声が出た。

ボンネットのフロントガラス寄りの位置に、動物がうずくまっていた。大きさは大人の男の握りこぶし二つぶんほどだ。栗色の毛に尖った短い耳、つぶらな黒い瞳。リスとか、齧歯類の類に見える。手足の脇がひれのようになっているので、モモンガかムササビかもしれない。それが体を縮こまらせて動かずにいる。

ボンネットは結構熱くなっていて、なぜそんなところにいるんだろう？ と疑問に思った。何にせよそのままだと車が出発できない。夫が「どかそうか」と言って指で軽く動物をついた。動物は鼻を数度ひくつかせる。と、急に頭上から声がした。夫がサチさんの方を振り向く。「何か言った？」その言葉に首を振るけれど、サチさんも確かに思ったのだ。今しがた聴こえた声は確かにわたしの声に似ていた。声が何を言っていたのかは分からない。念仏のようにも聴こえたし、中国語とか韓国語とか別言語のようでもあった。

夫が、おっかしいなあ、と言いながら車の方へ向き直る。うわ、うわ、と言う。その目の前で、動物の腹の下から溢れるように赤い血液が流れているのが見えた。

原因は分からないが動物は息絶えたようで、動かなくなった。夫が車の中からビニール袋をとってきてそれを掴み、近くの森の中に簡単に埋葬した。サチさんは驚いてしまって手伝うことができなかったけれど、最後には一緒に手を合わせた。車は深緑色なのであまり目立たなかったが、拭いてもボンネットには血痕が残り、帰りに洗車した。

その次の年の同じ頃だ。夫が交通事故に巻き込まれた。

あの渓谷に乗っていったのと同じ車に乗っていて、車は結局廃車になってしまったが、大きな事故にもかかわらず、夫は奇跡的に数箇所の打撲だけで済んだ。一連の出来事の因果は分からなかったが、車を買い換えてから改めてあの動物を弔った場所に手を合わせに行ったそうだ。

謎の武者

鷲羽大介

うちの地元の話でもいいっスか？

山奥に、もう使われてない古いトンネルがあるんスけど、深夜にそこへ行ってローソクに火をつけると、落ち武者の霊が出るんス。

自分も見ましたよ。胴だけの安っぽい鎧《よろい》を着てて、目の周りはまん丸い真っ黒の空洞になってて、口から黒い煙がもわっと出てて。やっぱし怖いスねホンモノは。

でも、あのトンネルって明治時代にできたもので、古戦場でもなんでもないし、昭和のころには近くで女の人が殺される事件があったんスよね。死体は何十箇所も刺されてて、辺り一面血の海だったって。犯人は今でも捕まってないらしいっス。

それなのになんで落ち武者なんスかね。怨念ってそういうものなのかな？

餅を焼くにおい

黒 史郎

中学生の頃、毎日のように遊びに行っていた友だちの家で、よくおじいさんが餅を焼いてくれた。灯油ストーブに網を置いて餅をのせ、焦げ色がついたら砂糖醤油で食べる。それが楽しみで通っていたようなものなので、おじいさんが亡くなってからはなかなか足が向かなくなり、ほとんど遊びに行かなくなってしまった。

卒業後、久しぶりに遊びに行くと、友だちのお母さんに「食べてきんさい」と夕食に誘われた。しばらくして餅を焼く香ばしい匂いがしてきたので「あ、嬉しいな」と楽しみに待っていると、友だちのお母さんはリビングの窓を開けて部屋の換気をはじめた。

やがてオムレツやみそ汁が食卓に並び、結局、餅は出てこなかった。

友だちから聞いた話では、おじいさんが亡くなってから家の中で餅を焼く匂いのすることがよくあるという。ほほえましい話じゃないかと思ったが、亡くなった原因が餅の誤嚥《ごえん》なので、あまり気持ちのいいものではないよと困った顔をしていたそうだ。

いとまごい

黒木あるじ

その日の朝。ばりばりばりっ、という轟音で宇木さんは飛び起きた。

「すわ地震か」と跳ね起きたものの振動は感じられず、電灯や家具も揺れていない。

夢――だったのかな。

自身へ問うた直後、再び部屋じゅうに響動が轟いた。生木の裂けるような音やベニヤを踏みぬくような音が室内のあちこちから聞こえている。空耳ではない証拠に、カーテンの隙間から漏れる陽光のあいだを、おびただしい量の埃が舞っていた。

混乱のまま、ひとまずサンダルを履いて屋外へ逃げだす。あいかわらず家のなかからは爆音が響いている。けれども路上に異変はなく、往来を歩く人にも訝しむ様子はない。

なんだこれは。なんなんだこの音は。右往左往しているうち、ふいに音が止む。

直後、ポケットの携帯電話が短く鳴った。

取りだしてみれば、郷里に暮らす妹からメールが届いている。

《いましがた、ぶじ更地になりました。なにもなくなりました》

その一文を見るなり、今日が実家の解体日であったのを思いだす。半世紀あまり一家で暮らし、両親が亡くなって以降は長らく無人になっていた家である。

もしかして――おそるおそる戻った室内は静寂に包まれており、漂っていたはずの埃もすっかり消えていたという。

「ほら、親兄弟や親戚が死ぬまぎわ挨拶に来るという話があるでしょう。あれは、家でも起きるものなんですかね。まあ、真偽はわかりませんが」

今年の夏は、実家の跡地を訪ねて手を合わせるつもりです。

康之さんはすこし寂しげな顔で頷いた。

土手に座る者たち

丸山政也

施設職員のTさんの話である。

Tさんが小学生だった三十年ほど前、硬式少年野球のチーム、いわゆるリトルリーグに所属していたという。チームは毎年県大会の優勝候補に挙がるほどの強豪で、週末は黄昏どきまで練習に明け暮れ、平日も小学生とは思えないほどの熱心さで自主練習をこなしていたそうだ。チーム練習をするのは常に決まったグラウンドで、河川敷を整備して造られた広々とした場所だった。

Tさんは入団した当初からグラウンド脇の土手に座りこんでいるひとたちのことが気になっていた。いつもではないが、かなりの高い頻度で見かけたからである。

最初のうちは誰かの父兄かと思っていたが、そういった者たちはバックネットの裏側で立ち話をしているのが常だったので、どうやらチームの関係者ではなさそうだった。

それは痩せた四、五人ほどの男たちで、皆、耳の辺りに垂の付いた奇妙な帽子をかぶり、一様に同じような鶯色をした詰襟の上着を身にまとっている。全員が傾斜のうえにしゃがみ込んで黙々と握り飯を食べているのだった。

軍服を思わせるいでたちなので、河川敷の林のなかでサバイバルゲームでもしていて、食事休憩をしているのだろうとTさんは思っていた。しかし、いつも知らないうちに土手に座っていて、ふと気づくと消えている。

それである日、チームメイトのひとりに、

「いつも土手にいるあのひとたちは、向こうの林でサバゲーでもしているのかな」

そういうと、友人はなんのことだかわからないと不思議そうな顔をしていた。

あるときなどは、誰かの打ち損じたボールが彼らの座る土手のほうに鋭い打球で飛んでいったが、避けるでも慌てるでもなく、同じ場所に座りながら、じっと黙って握り飯を頬張っているのだった。

気にはなっていたものの、彼らと特に係わることなくTさんはそのままチームを卒団し、以降は土手のひとたちを見かけることはなくなった。

ところが、Tさんが中学三年生になった夏の、終戦記念日のこと。

テレビで放送していた太平洋戦争のドキュメンタリー番組をぼんやりと眺めていたときだった。

画面に映し出された旧日本軍の陸軍兵士たちの姿を見るやいなや、愕きのあまり立ち上がって、何度も何度も瞼をこすっていた。

土手に座っていたひとたちと瓜ふたつだったからである。

保管

つくね乱蔵

母の遺品を整理中、白石さんは金庫の中に懐かしい物を見つけてしまった。

フェルト生地で作られた人形である。幼い頃の自分が、母に手伝ってもらいながら作ったものだ。

幼い子が作ったにしては、かなりの完成度だ。この一体を作り上げるため、何度も失敗したのを白石さんは思い出した。

母にとっても、それは大切な思い出だったに違いない。だからこそ金庫に入れて保管していたのだろう。意外といえば、これほど意外なことはない。最低な母親だったが、晩年に心を入れ替えたのかもしれない。

今となっては確かめようがない。苦い後悔が胸を焼いた。

せめて、この人形は持ち帰って飾っておこう。

手に取った瞬間、指先に鋭い痛みが走った。指先が深く抉れるように切れている。

柔らかい人形だ。傷つくような素材は使っていないはず。

恐る恐る指先で人形を摘まみ上げ、隅々まで調べてみた。刃物や針などは見当たらない。

じっくりと見つめる白石さんの目の前で、人形が一度だけ瞬きした。

呪いの本

田辺青蛙

図書館で開催した怪談会で、参加者の小学生から聞いた話。

この図書館の本棚のどこかに、借りてはいけない本があるといわれてる。

その本は途中までは普通で、なんの変わりもないのだけれど、五十ページを過ぎたあたりから急に、呪いの言葉が書かれたページになっているそうだ。

そのページを音読すると、何か不可解なことが起こるという。

十年ほど前にその本を見つけた六年生の子が、音読している途中にみんなの前でパッと姿が消えてしまって、一時間後に急に教室に再び現れた。

その子は消えていた間のことは何も覚えていなかった。また、呪われた本を読んだせいなのだろうか……それ以来、その子の影の色が薄くなってしまい、日向に出ても影がないことがあったそうだ。

それと時々、その子の影じゃないかと噂される黒い姿をしたものが、卒業してから何年も経つというのに、学校内を飛び回ってることがあるらしい。

呪いのスカート

田辺青蛙

夏になると思い出す、と絞り出すような声でJ市に住む男性からこんな話を聞いた。

もう随分昔の話なんですが、穿いたら死ぬ、呪いのスカートみたいなもんがあったんです。

この話、今まで誰にもしたことないんです。

若い人は知らんやろうけどね、戦後の闇市で「おしゃか品」いうのがありまして、それは亡くなった人の衣類を売りに出したもんなんです。

死んだ人のもんも洗濯もせんと、そのまんま市に出しとったからね、伝染病患者の膿や血がついた衣類なんかもよう見ました。でも裸で生活するわけにはいかんし、「おしゃか品」は安いからね、貧乏でモノがない時代だったから、仕方なくそういうのを薬缶で沸かした湯をかけて消毒して着てました。

自分には一人、妹がおりまして、ある日、継ぎだらけのモンペなんぞ嫌やからとか言って、闇市で「おしゃか品」のスカートを買ってきたんです。

薄いベージュ色のスカートで、当時の日本人にしては珍しく手足の長い体格の妹にはよう似合ってました。でもね、そのスカート穿いてちょっと近所行ってくるって行った日に、急にね、卒倒して妹は死んだんです。

それでね、従妹が「あのスカート欲しい」言うたから、妹と一緒に燃やそうかと思っていたけど、まあええかと思って譲ったんです。

そしたら、従妹も亡くなって……なんでなのか、食べ物は家にあったのに、勤め先の住み込みの工場で餓死しとったとか。で、そのスカートを別の子が穿いてるの見てね、声かけたら「従妹から貰った」と言っとって……。

そん時の子がどうなったか分かりませんが、ある夏の日にね、家の前にスカートが畳んで置かれてたんです。近所の人が見つけて「こんなんありましたよ、置きっぱなしにしてたら盗まれますよ」って教えてくれました。

俺は「そんなスカート、不気味やからいらん。捨てといてくれ」って言ったら、その近所の人が「いらんなら貰います」って持って帰ってもうてね……翌日その人、川に浮かんで見つかりました。

全部それがね、あのスカートに宿ったなにか言葉では言い表せないような呪いみたいなもんのせいなんちゃうかなと、ずっと思ってるんです。

木立

鈴木　捧

　ミキさんが小学生の頃、家族で山間を流れる川に遊びに行ったときのことだ。

　両親とミキさんの三人家族で駐車場に着くと、満車で停める場所がない。運転席の父親が少し地図を見てから「よし」と呟いて車を発進させた。車は未舗装の林道に入り、走って五分ほど。道の脇に簡易な駐車スペースがある。ミキさん一家のものの他に車はない。目的地の川辺までは少し歩くが、何にせよ駐車できたことに安堵する。荷物を準備してさあ出発ということで車の外に出た。すぐに妙なにおいを感じた。牧場のにおいをもっときつくしたような。

　何だろうと思っていると、お父さんが「ちょっと待ってろ」と言って道の脇の草むらに入っていく。少し下り斜面になっていて姿が見えなくなる。一瞬不安になったが、すぐに戻ってきた。「何でもない、行こうか」と言ってミキさんの手を取った。

　川辺で水遊びをしながら支流を少し辿って歩いた。お父さんも一緒だ。お母さんはレジャーシートを敷いて休んでいる。

　歩くうちに周囲がひとけのない木立の景色になった。夏の深い緑を通した木漏れ日が心地よい。川を挟んだ向かいで岸の岩壁がちょっとした庇《ひさし》のような形になり、そこに水面から反射した陽光が模様を描いていた。ミキさんたちが立っていた場所から向こう岸までの距離は十メートルあるかないかほどだ。

庇のような部分の上に樹木が茂っていて、奥は木々の密集した暗い森になっているのが分かった。その中に一本だけ周囲と様子が違う木が立っているのに気づく。他の木は真っすぐ立った細い一本木なのだが、そのひとつだけがどことなくずんぐりした樹形をしているのだ。それが嫌に目立っていた。じっと見ているうち、はっとなった。ミキさんは気づいたことをお父さんに告げた。

「あの木、おしりがあるね」

ずんぐりした木の根元から一メートルに満たない高さのところが丸く膨らんで、中心に窪みがあり、ちょうど人間のお尻のようになっていた。

ミキさんの手を握っていたお父さんの右手の力が急に強くなった。

「もう戻ろうな。お母さん待ってるし」

ミキさんは中学生になってから、その川辺の近くで女性の遺体が見つかったことを知った。そういえばあのずんぐりした木は裸の女性の背中のようだったと、そのときに思ったそうだ。

反撥

鷲羽大介

紗弥加さんが小学生の頃、友達と遊んでいた公園で、ベンチに座ろうとしたら地面に尻もちをついていた。

いま座ろうとしたベンチが、二メートルも後ろにあった。

見ていた友達の話では、ベンチに腰を下ろそうとした紗弥加さんが、中腰のまま二メートル前に跳ね飛ばされたのだという。

磁石のN極とN極をくっつけようとしたときみたいだった。ある男の子はこう言ったそうである。

あのベンチで浮浪者が死んでいただの、猫の生首が置いてあるのを見ただの、子供たちはあることないこと好き勝手に言っていたが、紗弥加さんが中学生になる頃には、そんな噂はもう誰もしなくなった。先月、二十年ぶりの同窓会に出席した紗弥加さんだったが、このことを覚えているのは御本人ひとりだけだったそうだ。

優しさの後ろから聞こえて

黒 史郎

結城さんは小学生の頃、友人宅で自転車の鍵をなくし、泣きながら運んで帰ったことがある。前輪を持ちあげて運ぶのは大変で休み休み移動するのでなかなか進まず、どんどん空が暗くなって、どんどん哀しくなってくる。

坂道の途中で歩けなくなってわんわん泣いていると、通りかかった軽トラックが少し前で停まり、作業服姿のおじさんが降りてきた。

「大丈夫？　家まで送ってあげようか」

おじさんが荷台に自転車を積んでくれて、結城さんは助手席に座った。

おじさんは、自分には結城さんと同じ年頃の子がいて、その子がよくお化けを見るという話をしてきた。お化けはいつも車に乗っていて、その車は今乗っているこのトラックなんだよといった瞬間、後ろから子供の声が聞こえた。

おじさんは気づいていないようで、家に着くまでこわくて後ろを見ることができなかったそうだ。

返してちょうだい

我妻俊樹

薫さんの誕生日に荷物が届く。差出人はずっと疎遠だった元カノ。不思議に思いつつ開けてみると中身はマグカップ、グラビアアイドルのＤＶＤ、目覚まし時計、着古したＴシャツ、指輪、ガラケー、ノートＰＣ、携帯用灰皿等々どれも見覚えがあって、薫さんが昔失くしてしまった私物ばかりだ。もしかしてすべて元カノが盗んでいて突然返却してきたのか？　そう思いかけるが、元カノが同行していない旅先で失くしたものや出会うずっと前の子供時代に失くしたものも含まれているので、理解が追いつかない。

ある晩遅く玄関が乱暴にノックされ、何事かとドアスコープから窺うと下着みたいな恰好の女が数人立っていた。薫さんの視線に気づくと「やっぱりあれ返してくれない？」と言っていっせいに手を「ちょうだい」の形にしたのだが、手の指が何十本もあってイソギンチャクのように蠢いている。恐怖のあまり居留守を使っているとしばらくノックの音が続いて急に静かになり、朝見たら玄関ドアになぜか一万円札が一枚テープで貼ってあった。

彼女たちの言う「あれ」が誕生日に届いた荷物のことなのかは不明だが、調べたら荷物の差出人住所は実在しない所番地だったという。

増える呪文

田辺青蛙

図書館で開催した怪談会で、参加者の小学生から聞いた話。

「通学路にね、口の中で唱えたらダンゴムシが増える呪文を知っているお婆さんがいて、百円あげたら教えてくれるんだって。

そんな呪文ないとか、嘘だって言うと、こんな呪文だよって唱えて、舌の上で泡みたいにぶくぶくって、沢山ダンゴムシが増えてくるのを見せてくれるって聞いた。で、そのお婆さんね、その呪文を小学生五十人に今年中に教えないと死んじゃうんだってさ。

それにね、教わった子は聞いてから三日以内にその呪文を忘れないとお婆さんに呪われて、鼻とか耳とかからダンゴムシが呪文を唱えてなくっても現れたり、何を食べてもダンゴムシの味になったりするって聞いた」

「その呪文を君は知ってるの？」と小学生に聞いたところ、折角忘れていたのに思い出してしまったと言って、目の前で泣きだされてしまった。

密告

つくね乱蔵

田尻さんは朝晩の散歩を欠かさない。七十歳の誕生日からの日課だ。

奥さんの恭子さんも応援してくれている。

その日は、いつもの道ではなく、墓地を目指した。

両親の墓を掃除するつもりである。

雑草を抜き、丁寧に墓を磨いていくうち、妙なことに気づいた。

付近に誰もいないのに、すぐ近くから声が聞こえてくるのだ。

女性の声に思える。ぶつぶつと何かに文句を言っているようだ。

辺りを見渡していた田尻さんは、ようやく声の出所を見つけた。

驚いたことに、声は目の前の墓石から聞こえていた。

恐る恐る墓石に耳を当ててみる。ハッキリと聞こえてきた。

聞き覚えのある声――恭子の声だ。

「毎日毎日歩き回って、あれ以上健康になったら、なかなか死なないじゃない。墓掃除する暇あるなら、とっとと自分が墓に入れってぇの。足でも折って寝たきりになってくれないかしら。車にでも轢かれたら、金も入るし一石二鳥なんだけど」

なるほど、そんなふうに思っていたのか。
どういう顔で帰れば良いか、田尻さんは思案しながら帰途についた。

矢継ぎ早

鷲羽大介

勲男さんが若い頃、三十年ほど前のことである。

生まれたばかりの息子を沐浴させて奥さんに渡し、ゆっくりと風呂に入っていた。洗い場で髪を洗っていると、鏡に何か動くものが映った。

よく見ると、クリーム色の小さな犬が、嬉しそうに尻尾を振っている。犬なんて飼っていないし、いるはずがない。驚いた勲男さんが振り向くと、犬はどこにもいなかった。鏡を見ても、もう映っていない。

変なもの見たな、ともやもやした気持ちで風呂から出て、ドライヤーで髪を乾かしていると、今度は洗面所の鏡に、天井から逆さまにぶら下がった筋骨隆々の男が映る。彫りが深く、外国人のようだ。勲男さんが振り向くと、やはり誰もいなかった。

勲男さんはその時を振り返って、「せめてどっちかにしてくれよ」と思ったのを強烈に覚えている、と語る。子供が生まれたばかりなので、奥さんに余計な心配をかけないよう、このことは言わなかった。

翌日はこっそり仕事を休んで眼科を受診したが、どこにも異状は見つからなかったそうだ。それ以来、おかしなものを見たことは一度もない。

陸上部の鬼

黒　史郎

弓倉さんが甥のSくんから聞いたという話。

高校時代に陸上部だったSくんは一年生の頃、先輩方から「鬼」の話を聞いた。数年前に卒業したOBのことで、誰も頼んでもいないのにフラッとグラウンドに現れては先輩風を吹かせる困った人物。高圧的な態度で一年生を委縮させるので練習の邪魔でしかなかった。

いつも角のある赤い悪魔みたいなプリントのあるパーカーを着ているので「鬼」と陰で呼ばれており、これだと本人に聞かれてもバカにしたように聞こえないからという理由。

Sさんの学年が入ってからパタリと来なくなったので、「やっと死んでくれた」と先輩方は喜んでいたそうだが、どうやら本当に亡くなっていたらしく、死因など詳しいことは何もわからないが顧問から伝え聞いた話なので間違いないとのことだった。

――と、そんな話を練習後の夕方の部室で聞いていると、部室の照明が突然、落ちた。

真っ暗な中、困惑する先輩たちの声にパチッ、パチッという不思議な音がかぶさる。

誰かが慌てて戸を開け、そこで照明の明かりが戻った。

「鬼」が来たのかもしれないと先輩たちは本気で怯えていたという。

難聴霊

黒木あるじ

祖父が亡くなった際、うっかり愛用の補聴器を棺に入れ忘れた。
おかげで読経が聞こえなかったらしく、いまも祖父はときおり夜の廊下を歩いている。

芳香

我妻俊樹

体を壊して夜遊びできなくなってから、瑠利さんは早朝のジョギングを始めた。

以前ならどろどろに酔いつぶれていた時間に颯爽と外を走っていると、時々とてもいい匂いがしてくることがあるそうだ。

花の香りだろうか。だが周囲を見ても花は見つからないし、気のせいかとも思ったが、毎日走るうちにいつも同じ場所で香りを嗅いでいることに気づいた。

ある朝、立ち止まって鼻をくんくんさせていた瑠利さんは道端の地蔵に目をとめた。

ぱっと見は赤い前掛けをしたよくあるお地蔵さんだが、よく見ると顔つきが普通じゃない。なんというか「笑いを必死でこらえている」ような顔をしているのだ。

と、地蔵の口がもごもごと動いて次の瞬間、ぺっと何かを吐き出した。

見れば地面にくちゃくちゃに噛み切られたような白い花びらがかたまっていた。

地蔵の顔は穏やかな表情にもどり、それから花の香がすることは二度となかった。

誘惑

鷲羽大介

深夜まで残業をして、くたくたに疲れて終電で帰宅した。

ブリーフケースのジッパーを開けると、入れたおぼえのない、生温かい小さな卵が出てきた。たったいま産んだばかりのように、表面がぬるぬるしている。

どうしてもこれを温めたい、という欲望に駆られている。

来客

我妻俊樹

可苗さんが夜中に腹が減ってカップ麺を食べていると、部屋のドアがノックされた。

開けると母親が立っていて、友達が遊びに来たから玄関に行きなさいと言う。

だがインターホンの音が聞こえなかったし、こんな時間に訪ねてくる友達も思い浮かばない。

念のため玄関のドアスコープを覗いてみたが、外には誰もいないようだ。

誰もいなかったよ、と母親に言ってから可苗さんは強烈な違和感をおぼえる。

ここは浜松にある実家ではなく東京のマンションなのだ。母親がいるはずがない。

そもそも現在の母親は老齢で介護施設に入っていて、もはや目の前にいるような若々しい外見ではないのだ。

すると母親は黙って玄関のドアを開けて、外に出て行ってしまった。

あわてて後を追うと、通路の壁でぴたりと動きを止めたヤモリと目が合った。

たしかに〈目が合った〉と思ったそうである。

腕の感覚

黒 史郎

藤倉さんのスマホに、スマホを持っていないはずの父親から電話があり、出ると牛の鳴き声のようで何をいっているかわからず、最後に「養生しなさい」とだけ聞き取れる——という変な夢を一昨年に見たという。

父親は十年以上前に亡くなっているが夢に出てきたのは初めてだった。

実家住みの妹のY奈さんに電話で夢のことを話すと、今朝、母親がまったく同じ夢を見たといっていたという。同じといっても母親の夢では電話ではなく父親本人が出てきて、母親の背中を撫でながら体を厭《いと》うようにいったのだそうだ。

父親が家族を心配して、あの世から来ていたのだろうという話になったが、「娘の体は心配じゃないのかな」とY奈さんは自分の夢にだけ来なかったことに不満をこぼした。

この数日後、Y奈さんから「お父さん来たよ」と電話があった。

「最悪なんだけど」

Y奈さんによると、こんなことがあったという。

昨夜、Y奈さんは腕に違和感を覚えて目が覚めた。

布団の横に誰かが座っていて、Y奈さんの腕を両手でグッと掴んでいる。

母親だった。

びっくりして「なにしてるの?」と訊くと、夢にまた父親が出てきて「Y奈が死んでしまった」と哀しそうに告げられたのだという。目覚めた母親は心配になってY奈さんの無事を確認するため、寝ている彼女の腕を握って体温を確かめていたらしい。

ただの夢とはいえ、母親に不吉なメッセージを伝えた父親に、Y奈さんは「最悪、最悪」と声に怒りを滲ませていたという。


その後もY奈さんは、腕に違和感を覚えて目覚めることがあった。

そういう時は決まって、誰かに掴まれていたような感覚が腕に残っている。

「お母さんに聞いてもしらばっくれてるけど、あの人しかいないじゃん」

そんな妹の苦情を藤倉さんはたびたび聞かされているそうだ。

ロースト強め

黒木あるじ

アルバイト先だった喫茶店のマスターが亡くなって以来、Ｏさんはときおり珈琲に似たにおいを嗅ぐようになった。たとえば駅前を歩いていると、ふいに焙煎のかすかな香りが鼻に届く。けれども周囲にカフェの類などなく、珈琲を飲んでいる人も見あたらない。

そんなことが何度かあって「マスターかもしれない」と思うようになったのだという。

「え、それってヤバいでしょ」

バイト仲間の子へ打ちあけると、予想に反して露骨に厭な顔をされた。

「だってマスター、Ｏちゃんのこと好きだったじゃん。いまだから言うけど、二十も下の大学生にマジ惚れしてるのキモかったんだよね。お祓いできる人、紹介しようか？」

バイト仲間の提案を笑いながら断る。

「そりゃ手紙をもらったときは戸惑ったけど……〝困ります〟って断ったら、それ以上はなにもなかったし。珈琲のにおいは好きだから、むしろ嬉しいくらいだよ」

半分は本気、半分は強がりだった。

マスターの死は自分の所為ではない。そう思いたい気持ちもあった。

その夜――自宅で風呂に浸かっていると、顔をしかめるほど強烈な臭気が鼻をついた。焦げくさいが、あきらかに珈琲の芳香ではない。悪臭は自分の背後、うなじのあたりでぶおぶおと漂っていた。

反射的に浴槽から飛びだす。裸のまま震えていたおかげで身体がすっかり冷え、彼女は尿意を催してしまったのだという。

仕方なくバスタオルを身体に巻きつけ、おそるおそるトイレのドアを開ける。

「ぐ」

手洗いのなかは、灰色に烟っていた。

マスターが便座に座り、こちらが腰をおろすのを待ちかまえている――そう直感した。

あの人、私の肌に、髪に、唇に、身体じゅうに触りたいんだ。そのために死んだんだ。

はじめて怖くなり、翌週すぐにお祓いを受けた。

マスターは自殺である。

灯油の染みたセーターを羽織ってマッチで火を点け、焼け死んでいる。

肉片

我妻俊樹

真弓さんの弟は助手席に乗っていた車が事故に遭い、頭を強く打って入院した。

入院中はなぜか霊感が異様に強くなり、病院内をゾンビ映画みたいにうろうろと歩き回る不気味な死人の姿や、枕もとにやってきて意味不明の言葉をささやく顔のない看護師などを見て、生きた心地がしなかったという。

それまで三十数年の人生で、幽霊など一度も見たことがなかったのだ。

体が回復するにつれこの霊感は徐々に消えていったが、体じゅうの部位がちぎれて床に散らばった肉片みたいなものだけが最後まで残った。

しかも退院後は家までついてきたので、知人に紹介してもらった霊能者に見てもらったところ、なぜかすごく言いにくそうに口ごもりながら、

「あれはあなたの守護霊さまだから……」

そう言われたそうだ。

◉著者紹介

我妻俊樹（あがつま・としき）
『実話怪談覚書 忌之刻』にて単著デビュー。著書に「実話怪談覚書」「奇々耳草紙」「忌印恐怖譚」「奇談百物語」各シリーズ。共著に「怪談四十九夜」シリーズなど。

黒木あるじ（くろき・あるじ）
怪談作家として精力的に活躍。著書に『山形怪談』のほか、「怪談実話」「黒木魔奇録」「怪談売買録」各単著シリーズなど。共著に「怪談四十九夜」「奥羽怪談」各シリーズなど。

黒 史郎（くろ・しろう）
小説家として活動する傍ら、実話怪談も多く手掛ける。「黒異譚」「実話蒐録集」「異界怪談」各シリーズ、『横浜怪談』『川崎怪談』など。共著に「怪談四十九夜」シリーズなど。

鈴木 捧（すずき・ささぐ）
【怪談マンスリーコンテスト】において、最恐賞と佳作をそれぞれ3度受賞。著書に『実話怪談 花筐』『実話怪談 蜃気楼』。共著に『怪談四十九夜 病蛍』など。趣味は山登りと映画鑑賞。

田辺青蛙（たなべ・せいあ）
『生き屏風』で日本ホラー小説大賞短編賞を受賞。著書に「大阪怪談」シリーズ、『紀州怪談』『関西怪談』『北海道怪談』など。共著に「京都怪談」シリーズなど。

つくね乱蔵（つくね・らんぞう）
『恐怖箱 厭怪』で単著デビュー。著書に『恐怖箱 厭満』『恐怖箱 厭福』など。共著に「怪談四十九夜」「恐怖箱テーマアンソロジー」各シリーズなど。黒川進吾の名でショートショートも発表。

丸山政也（まるやま・まさや）
2011「もうひとりのダイアナ」で第3回『幽』怪談実話コンテスト大賞受賞。「信州怪談」「奇譚百物語」各単著シリーズなど。共著に『エモ怖』、「怪談四十九夜」シリーズなど。

鷲羽大介（わしゅう・だいすけ）
一七四センチ八九キロ。右投げ右打ち。「せんだい文学塾」代表。著書に『暗獄怪談 憑かれた話』、共著に「江戸怪談を読む」「奥羽怪談」「怪談四十九夜」各シリーズなど。

クダマツヒロシ（くだまつ・ひろし）
兵庫県神戸市出身。黒目がち。2021年から怪談を語る活動を開始。兄の影響でオカルトや怪談に興味を持ち、幼少期から現在に至るまで怪談蒐集をライフワークとしている。

あんのくるみ（あんのくるみ）
絵本から怪談まで作品は幅広い。2020年刊行の絵本『つまさきもじもじ』は韓国でも翻訳出版されている。2023年随筆春秋賞にて佐藤愛子奨励賞を受賞。無類の猫好き。

雨水秀水（うすい・しゅうすい）
平成生まれ。東北出身。

ヒサクニ（ひさくに）
静岡県静岡市出身。公認心理師、精神保健福祉士。人間の精神・心理に係わる怪異や恐怖体験を基にしたホラー作品の執筆に励む。高ＩＱ団体 JAPAN MENSA 会員。

北城椿貴（きたしろ・つばき）
神奈川県出身。2020年頃から怪談作家、怪談師として活動。会社員のかたわら各地の歴史にまつわる怪談を蒐集している。共著に『高崎怪談会 東国百鬼譚』など。

吉田 零（よしだ・れい）
幼少より怪異に馴れ親しみ、怪談ジャンキーとなる。タバコと怪談があれば生きて行ける。タバコと怪談がないと生きて行けない。幽霊の恋人多数のエロオヤジ。

緒音 百（おおと・もも）
佐賀県出身。大学時代に民俗学を専攻し、語り継ぐことの楽しさに目覚めて以来身近な怪談・奇談を蒐集している。共著に『鬼怪談 現代実話異録』『呪術怪談』など。

緒方さそり（おがた・さそり）
群馬県在住。O型、蠍座。趣味、読書と深夜ラジオ。小中高時代、林間学校や修学旅行に怪談本を持って行き、他の生徒達に引かれていた、陰気キャぼっち系怪談ジャンキーです。

影野ゾウ（かげの・ぞう）
VTuberとして初めて怪談最恐戦への出場を果たす。VTuber×怪談をテーマに、カプセルトイの販売やコラムの連載などを行う。

キアヌ・リョージ（きあぬ・りょーじ）
オカルト好きな祖母の影響により幼い頃から不思議に興味を持つ。現在、幽霊の出る工場に勤めており、日夜その存在に怯えながらも執筆活動に励んでいる。

春日線香（かすが・せんこう）
大分県出身。2000年より詩作を開始する。著書に『詩集 十夜録』（私家版）。料理と読書、怪談をこよなく愛する。この世のほかならどこへでも。

鍋島子豚（なべしま・こぶた）
東北の港町出身。酒の席での怪異収集が生き甲斐の永年中間管理職。愛猫ハイムラとセンセイに囲まれ、雪国生活を謳歌している。

天神山（てんじんやま）
奈良県出身。ペンネームは落語の演目から。田辺青蛙先生のガチ推し勢。読むと胸がキュッと苦しくなる、唯一無二の世界観が大好きです。実家にバケモンがいます。

斉木 京（さいき・きょう）
福島県出身、東京都在住。幼少の頃から怪談や妖怪に傾倒。単著に『贄怪談 長男が死ぬ家』、共著に『奥羽怪談』『恐怖箱 霊山』『田舎の怖イ噂』など。

藤野夏楓（ふじの・かふう）
神奈川県出身。YouTube にて『ねこぽて』名義で怪談朗読動画を配信。心霊特番のナレーション、短編ホラードラマの制作協力、ネット声優など多方面で活躍中。

天堂朱雀（てんどう・すざく）

今の癒やしは柴犬とカワウソの徳島県生まれ。

夕暮怪雨（ゆうぐれ・かいう）

怪談好きの書店員。執筆業の父と漫画家・伊藤潤二から大きく影響を受ける。YouTubeにて夕暮兄弟名義、弟の血雨と怪談朗読動画を配信。サウナと猫を愛す男。共著に『実話怪談 怪奇島』など。

雪鳴月彦（せつなり・つきひこ）

福島県在住WEB作家。家族全員が過去に不可思議な経験をしているおかしな家で育つ。共著に『街角怪談』『百物語 サカサノロイ』『実録怪談 最恐事故物件』など。

高倉 樹（たかくら・いつき）

大阪にて、古書店を営む一般人。河童捜索活動に従事し7年目に突入するも未だホシ見つからず。執筆業、装丁デザイン、本に関するよろず承ります。

青葉入鹿（あおば・いるか）

静岡県富士市出身。学生時代は文化財について学び、現在は行政書士として働く傍ら介護福祉士としても高齢者を中心に怪奇な話や腑に落ちない経験の採話をしている。

沫（まつ）

ディレクター業及び映像作家。芸能方面にて経営から企画、プロデュース、バンドのマネジメントのほか、自らがミュージシャンとして活躍する。一方、ウェブ作家として活動する父・筆者（ふでもの）と共に怪談ジャンルに挑戦。一日一話、千話終了のショート怪談をTwitterアカウント〝みっどないとだでぃ〟にて連載中。

宿屋ヒルベルト（やどや・ひるべると）

北海道出身、埼玉県在住。幼い頃はアンビリバボーとUSO!?ジャパンに震え上がった平成一桁生まれ。本業は編集者。共著に『恐怖箱 呪霊不動産』など。

多故くらら（たこ・くらら）

東京都在住。人生の三分の一が怪談でしたが最近は三分の二になりました。西に東に怪奇を求めて奔走中。好きなものはタコクラゲと冷やしトマト。

小泉怪奇（こいずみ・かいき）

関西在住。怪談蒐集家。長年、怪談を取材し続け、時折ネットや書籍で怪談を書いたり、過去に怪談イベントで語ったりもしていた。

卯ちり（うちり）

秋田県出身。２０１９年より実話怪談の蒐集を開始し、執筆と怪談語りの双方で活動。共著に『実話奇彩 怪談散華』『奥羽怪談 鬼多國ノ怪』『呪術怪談』など。

猫科狸（ねこかたぬき）

沖縄県出身。趣味はプロレス鑑賞、お絵描き。幼少期、父親から怪談噺、ホラー映画を見せられた事でその魅力に惹きこまれ、現在も恐怖体験、怪奇現象を探し求めている。

墓場少年（はかばしょうねん）

愛媛県松山市在住。書店員やアパレルブランド店長を経て現在は温泉旅館勤務。安全地帯での怪談収集を信条としているが、地域密着型の怪異が多い為、たまに呪われる。

かわしマン（かわしまん）

埼玉県加須市出身。会社員。noteにて実話怪談、短編小説、アイドルソングのレビューなど幅広く執筆している。

浦宮キヨ（うらみや・きよ）

静岡県焼津市出身、浜松市在住。会社員として働く傍ら怪談を執筆。小学生の頃、図書室で借りたホラー小説をきっかけに人ならぬものの世界に魅了され、今に至る。

★読者アンケートのお願い

本書のご感想をお寄せください。アンケートをお寄せいただきました方から抽選で10名様に図書カードを差し上げます。
（締切：2023年８月31日まで）

応募フォームはこちら

投稿　瞬殺怪談

2023年8月7日　初版第1刷発行

著者……… 我妻俊樹／黒木あるじ／黒 史郎／鈴木 捧／田辺青蛙／つくね乱蔵／丸山政也／鷲羽大介／クダマツヒロシ／あんのくるみ／雨水秀水／ヒサクニ／北城椿貴／緒音百／吉田 零／緒方さそり／影野ゾウ／キアヌ・リョージ／春日線香／鍋島子豚／天神山／斉木 京／藤野夏楓／天堂朱雀／夕暮怪雨／雪鳴月彦／高倉 樹／青葉入鹿／沫／宿屋ヒルベルト／多故くらら／小泉怪奇／卯ちり／猫科狸／墓場少年／かわしマン／浦宮キヨ

デザイン・DTP ……… 荻窪裕司（design clopper）

企画・編集 ……… Studio DARA

発行人……… 後藤明信

発行所……… 株式会社 竹書房

〒102-0075　東京都千代田区三番町８－１　三番町東急ビル６F

email：info@takeshobo.co.jp

http：//www.takeshobo.co.jp

印刷所……… 中央精版印刷株式会社